W0287586

tremens

Auteur: Hugo Cétive
Couverture, correction et mise en page: Studio Déciduales
ISBN : 979-8-5074-4513-4
Dépôt légal : avril 2021

tremens

Hugo Cétive

PREMIÈRE PARTIE

Pièce N°1

oh tiens je suis dans une chambre d'hôpital. Fais bobo la tête. L'infirmière a des gros seins. Elle me les fourre dans la gueule.

- Où suis-je ? En enfer ?
- Calmez-vous, monsieur.

Je considère ma situation. Ils m'en ont foutu de partout. Les médecins ont collé des hameçons partout entre mes muscles. Je suis capturé, ma gueule. Du glucose ou de la morphine dégueulent dans mes veines et c'est le shoot légal absolu. Je me retourne vers l'infirmière, une antillaise. Eh l'infirmière, vu comment je suis entubé de toupar, intercepté comme un veau de western, j'arrache ta tête jusqu'à ce que tu me dises ce qui se passe. T'entends ! Qu'est-ce que je branle ici ?

- Ne bougez pas, je prends votre tension. Calmez-vous, monsieur…
- Mais je suis horriblement calme.
- Calmez-vous encore plus.
- Ce serait la mort.
- Je n'aime pas votre ton, dit-elle.

Heureusement ses seins, ils sont énormes, ils pendent comme des grosses pastèques juteuses, ils sont pleins, donne du téton la vache on prend le lait. Ses lèvres aussi énormes. Elle parle ma langue, je vais arracher la sienne.

- Où suis-je ? Une réponse claire, s'il vous plaît.

- A l'hôpital, monsieur.

C'est du genre à lâcher de l'info au compte-goutte. J'ai mal à la tête. Des asticots remuent sous mes paupières.

- Suis-je en danger ?

- Ne dites pas de bêtises, monsieur. Tout va bien, maintenant. Votre amie est dehors, elle va vous expliquer.

- Mon amie ? Margaret, tu veux dire ? Elle est là ?

- Ne bougez pas. Sinon l'aiguille va atteindre une veine, et ce serait embêtant…

- Le trip en serait affecté, c'est certain.

Elle termine sa petite cuisine de globules pendant que j'essaie de me souvenir ce que je fous là et comment j'ai pu arriver dans cette glauque chambre d'hôpital à me faire cuisiner par la mama. Je me souviens des clous. Ou alors des bribes, des flashs, rien de net. Les images se superposent et s'entortillent. Là, sous l'effet de la morphine, j'ai une petite sensation de quelque chose, comme un épisode vécu à côté de mes pompes, je me rappelle d'une allée, une allée sombre, ça doit être vers la rue d'Oberkampf. Oui, c'est une allée. Et elle est pas jolie. Glauque. Avec un couteau et une crotte de chien. Il y a un type en bonnet. Son bonnet enfoncé sur son petit crâne luisant et il est maigre comme un clou. Je ne reconnais pas le visage, il a le visage sans-visage, un monsieur tout-le-monde qui a pris trop de drogues. Il m'invite à boire dans sa canette de bière. Ce que je fais et même je vide la canette de bière.

- Faut que tu me dépannes de 50 balles, il dit.

- J'ai rien, mon pote.

Il m'emmène dans un immeuble à côté. On passe par une sorte de porte de service. Le type pue la mort. Il a des dents, ce sont des mégots et une haleine de morgue.

On s'arrête au pied des escaliers.

- Faut les 50 balles, il répète.

- Je les ai toujours pas.

- 50 balles.

- Autant ?

- 30 balles.

- Autant ?

- 10 balles.
- J'ai rien.

Il sort un canif. Son regard est malade. D'une beauté atroce tellement ce regard est malade, à bout. Je connais pas ce type, je vais pas lui filer de l'argent j'en ai pas c'est absurde, il est nouveau. Mon regard se fixe sur la lame. En même temps, la lumière déconne dans la cage d'escalier, une lumière pisseuse qui fait des sauts et qui badigeonne les muscles de tension.

Sa main tremble.

- Allez, tu craches ! il gueule.
- J'ai pas un radis, mec. Mais là tu fais chier. Si tu veux danser, on va danser. Et je te préviens, on va danser tout de suite. Je vais t'arracher ce canif des pattes, puis je vais te le planter dans la gueule.

Une voix dérange mon souvenir. Le souvenir disparaît, et le sans-visage s'en va. Je reconnais la voix, j'ouvre les yeux, c'est la voix de Margaret. Elle est là. Elle se penche sur moi. Elle me tapote la main.

- Tu m'entends ? Comment tu vas ?
- Je crois que ça va… Pourquoi je suis là ?
- Aucune idée, elle dit. Je pensais que tu pourrais me le dire.
- J'en ai aucune idée non plus. Tout ce que je sais, c'est que je suis épuisé. Jamais été aussi épuisé. Et puis ma tête, putain, c'est un étau. Faut que je me repose.

Elle met sa main sur mon front. Elle ne sourit pas. Son regard est dur. Elle soupire.

- Faut que j'aille au boulot, je repasse ce soir.

J'ai dit ok et je me suis rendormi comme une pierre.

Pièce N°2

toujours à l’hôpital et je suis dans le coltar’, je vois rien, j’ai les yeux en cul de poulet et j’ai envie de creuser un trou dans la terre pour m’y coucher à jamais.
Je végète sur ce lit à la con. Un docteur est penché sur ma pomme. Son haleine d’épicerie me fait tourner la tête, je suis sûr que la mienne aussi est corsée. Compétition d’égout ? Je gagne, ma couille, je gagne à tous les coups. Le médecin est ce genre d’officier autrichien en blouse blanche, un moustachu avec du bide, il est moche, il me parle. Bordel me parle pas, je déteste les docteurs, ces « sommités ». Ils parlent trop. On est des asticots entre leurs griffes. Moi j’ai pas confiance. Entre leurs mains y a plus de chances de crever et de souffrir que d’aller mieux. Ils ont des diplômes ronflants et des attitudes de ministre mais ce sont des pervers et ils y vont au pif, ils tentent, ils peuvent soigner un rhume mais le reste n’est que sorcellerie.
- Vous m’entendez ? il demande.
CQFD.
Il claque des doigts.
Toujours du mal à écarquiller.
- Gustav, vous êtes là ? C’est le docteur ! C’est votre médecin ! Vous n’arrivez pas à parler ? Faites un signe de la tête si vous m’entendez…
Je le fais. Un petit coup de tête. J’émerge. Le docteur pose la main sur mon front. Sa main poilue est froide. Et sa moustache, un bel organe touffu qui pourrait appartenir à un philosophe suisse ou à un nazi en dépression.
- Il a de la fièvre.
Tu me parles, connard ? Mais à qui il parle ? Je tourne la tête et j’aperçois Margaret, ma copine, ma douce, elle est de l’autre côté du lit. Elle est là, je suis content, ça me rassure. Comme elle est toujours aussi belle. Elle me prend la main. Elle la caresse.

Hippocrate continue de m'hurler dans les oreilles. Son projet étant de me déranger moi aussi je lâche les décibels.

- Je vous entends, docteur, mais bordel, j'ai mal au crâne.

Il passe ses doigts autour de mon cou pour mesurer le pouls, il est comment ce pouls, il est bon, électrique, inexistant ?

- C'est normal, Gustav. Je vais vous expliquer.
- Qu'est-ce qui s'est passé, docteur ?
- Vous avez été admis la nuit dernière à l'hôpital, suite à une perte de connaissance.
- Ah bon ?
- Oui.
- Pourquoi ?
- C'est certainement lié à une forte prise d'alcool et de stupéfiants.
- Ah bon ?
- Vous prenez de la drogue.
- Évidemment.
- Pourquoi ?

Pourquoi dans le sens pourquoi ? Pourquoi dans le sens c koi qui foire dans ta vie pour que tu t'en fiches plein les narines ? Pourquoi dans le sens pourquoi t'attends pas qu'on t'implante une puce dans le cerveau pour triper sans danger ?

Je réponds évidemment plus au toubib. Je dis plus rien, je connais les films, les thrillers, si tu crois que j'en ai pas vu des millions. Je pense à mon avocat que j'ai jamais eu mais qu'il faudrait peut-être impliquer si d'aventure les policiers cherchent à me coincer pour consommation de substances illégales ayant entraîné sollicitation inutile du personnel hospitalier.

Je regarde Margaret, je dis rien toujours. Margaret a un air navré. Triste, juste triste. C'est une comédie. Je la connais. Au fond, elle est véner contre moi. Sauf que, c'est son élégance, devant les étrangers elle sait se tenir. Elle montre zéro, elle raconte pas sa vie avec des mimiques et des haussements de sourcils. à l'intérieur d'elle ça bout, ça s'exaspère, mais en direct on voit rien. La classe. Ah, ma Margaret. Sa peau pâle, ses joues roses.

Piteusement étalé sur le lit, je repense à quand j'ai rencontré Margaret.
C'était pas gagné.

D'abord, moi j'ai toujours été attiré par les types méditerranéens, vous savez les femmes aux cheveux très bruns voire noirs, et bouclés. J'aime les visages aux traits coupants, les nez avec des ailes très droites et dures, les lèvres pulpeuses, les peaux dorées comme des nuits au sodium. Margaret n'est rien de tout ça. C'est une femme du pays des vikings. Des cheveux à peine blonds, des yeux terriblement bleus, des joues toutes roses qui éclairent une peau si pâle, comme si la peau pouvait s'évaporer d'un seul petit coup de vent.
C'est ce qui m'a frappé son visage la première fois. C'était lors d'une pendaison de crémaillère, organisée par une connaissance en commun. Il y avait aussi cette violence dans son regard. A peine j'avais engagé la conversation qu'elle cherchait à m'énerver. Elle aimait pas ma chemise et ma barbe naissante de bobo hipster.

- T'es quelqu'un de bien toi, hein ? T'as fait une bonne école de commerce, hein ?

- La meilleure !

- Et t'es content, hein ?

- Je suis impatient de compter les liasses, si tu veux tout savoir…

- Eh ben, tu vas être très ennuyeux, je peux te le promettre.

J'en plaçais pas trop une, elle causait mitraillette. Elle jubilait. Elle faisait de moi le pire portrait du petit con bourgeois qui s'apprête à fouler les chemins les plus confortables et insignifiants. Elle me faisait rire aussi. Sa violence était maladroite, ses attaques ressemblaient à celles d'un bébé tigre survolté. Diable comme elle était intéressante, je la trouvais belle, captivante. La meilleure parade nuptiale qu'on m'ait jamais faite. Même pas besoin de se demander s'il faut tomber amoureux. J'étais touché. J'étais embarqué. Je ne voulais plus qu'une chose : être avec elle.
Au chevet du lit d'hôpital je sais ce qu'elle pense, ça fait 8 ans de couple. Plus besoin de psychiatre pour capter que ça bouillonne dans sa tête, c'est la guerre. Elle n'en reste pas moins impassible.

Le docteur explique que des scanners réalisés ce matin ont révélé la présence dans mon cerveau de multiples petits caillots. Ces caillots se fixent sur les récepteurs synaptiques et bloquent les connexions neuronales. Parce qu'il voit que je fais une sale gueule, il prend sa voix la plus hypocrite.

- Ça se soigne, Monsieur. Ça prend du temps et du repos. Vous allez devoir supporter de violentes migraines... Mais ça se soigne !

- Comment ?

- La bonne nouvelle, c'est qu'il n'y a pas besoin d'opération. Juste des médicaments. Le traitement est un peu lourd mais il est efficace.

- C'est un cancer, je demande.

- Non, pas du tout. C'est plutôt une maladie qui survient normalement chez les personnes âgées...

- Elle s'est gourée cette fois-ci ?

- Qui ?

- La maladie, docteur. Soyez concentré.

Il prend un air grave. Sérieux.

- Si je devais émettre une hypothèse, et c'est peut-être un peu tôt pour ça, je dirai que c'est à cause de votre mode de vie. Vous buvez trop et vous prenez des drogues. Vous ne devez pas dormir suffisamment. Les personnes atteintes par cette affection sont généralement alcooliques ou gros consommateurs de stupéfiants.

- Ça m'a l'air tout à fait lui, note Margaret.

Je réponds rien et c'est pas sûr que j'ai une réaction.

Je plante mon regard sur le plafond, j'essaie de sentir la présence de ces intrus dans mon cerveau. Des coups de couteau se baladent sous mes cheveux. Le docteur a raison. Je suis un alcoolique et un camé. Et j'aime l'alcool et j'aime les drogues FDP. MDR.

- Quand est-ce que je peux partir, docteur ?

C'est le docteur qui est parti et je me suis retrouvé avec Margaret. Là, enfin seuls, son attitude change du tout au tout.

- T'es content de toi, pauvre con ? C'est ce que tu voulais ?

- De quoi tu parles ?

- Tu veux crever, c'est ça ?

- Mais non, pas du tout, je murmure, pas du tout. Il doit y avoir une explication...

- La seule explication, c'est que t'es un fils de pute d'alcoolo. J'ai gâché ma vie avec toi. Tu me fais honte. Je te retrouve à l'hosto à cause de la défonce. Je vais te quitter.

On se tabasse de mots méchants pendant au moins un quart d'heure et elle quitte la chambre. Cette fois, je suis allé trop loin. J'ai vu chez Margaret un truc que j'ai déjà vu plein de fois mais là encore plus nettement : elle va me quitter.

Pièce N°3

plutôt vaseux confus bourré de médocs, je m'emmerde sèchement.
Les hostos c chiant comme la pluie. t seul, toute la journée.
Ça laisse du temps pour la cogite. Seulement, quand tu prends les drogues légales, la cogite pisse pas loin. C'est comme une mésange qui tourne autour de son nid, elle fait rien d'extraordinaire, voyage pas. Pour l'instant, impossible de me rappeler les derniers jours, ceux qui m'ont amené ici. Il y a eu une soirée et elle m'a été fatale, c'est tout ce que je suppose. J'arrive pas à me souvenir. Faut que je me souvienne.

En fait, j'essaie, je pousse. Mais les souvenirs remontent plus loin, bien plus loooooin. Quand je créchais encore chez mes parents, juste après le bac.

Tu vois j'étais un ado solitaire, secret, geek (obsédé par les écrans d'ordinateur et de téléphone), j'avais pratiquement aucun ami. Mes parents trouvaient ça inquiétant. « Inquiétant » est une formule polie, car au fond ils me détestaient, c'est certain. Comment des parents peuvent pas détester un enfant autiste par vocation !
Ces enculés m'avaient plusieurs fois traîné chez le psychologue, sans résultat.

Suite à l'obtention de mon bac, j'ai été admis à l'IDRAC, une bonne école de commerce. Aux yeux des darons, je suscite de nouveaux espoirs. Forcément que je vais m'ouvrir aux autres et me comporter normalement. Sauf que, tout l'été, j'ai continué mes manières de zombie, la pure tête de con de geek qui se sépare jamais de son ordinateur, un longeur de chambre. Fidèle à moi-même, je reste un jeune homme sombre. Jours et nuits devant l'écran, curieux et j'exploite les mondes d'internet, la vie diurne comme un fantôme puis, la nuit, la vie digitale comme un affamé…

En fêtant mes 18 ans, il s'est passé un truc, j'avais pas anticipé. Du jour au lendemain, mes parents me lâchent la grappe, ils se calment. Ils avaient été grave sur mon dos, à cause de mon mutisme et de mon asociabilité. Là, tournant majeur, ils se désengagent, ils ne cherchent plus à sauver mon âme, ils cessent les reproches sur mon mode de vie, ils déclarent que je ne suis plus vraiment leur problème. T'es majeur et vacciné, débrouille-toi. Ils prennent leur distance. C'est bien, c'est bath, y en a fallu du temps pour comprendre : j'aime pas leur vie de cons, je veux pas de potes, je veux pas de petites copines, je veux pas être bien dans la vie, je veux pas le confort, je veux pas obéir au schéma. Et donc ils m'ont foutu la paix, j'ai plus la mère sur le dos, j'ai plus les discours moralisateurs, j'ai plus les critiques et les injonctions. Enfin !

Comme j'ai plus à me justifier d'être moi-même, j'ai envie de me frotter au monde. Au lieu de l'ordi, je me mets à circuler, j'en profite, je me casse, je m'habille. Je me casse, je me barre le matin, je vais dans la rue, je circule et je rentre le soir. Je fais rien d'exceptionnel, je me balade, des balades dans Paris, je regarde les choses. Un arrondissement par jour. J'essaye de me faire toutes les rues d'un quartier. C'est cool. Puis j'ai envie de rencontrer des gens.

Il se trouve que j'aime bien le skate. Ce sport m'attire, ça fait même un petit moment. Cette planche à quatre roues est pas facile à maîtriser. Sauf qu'on peut filer dans les rues comme un voyou correct. J'aime aussi la mentalité des skateurs, un mélange de punk, d'audace et de désir de liberté. Je me dis que je vais commencer par là. Je me paye une planche. J'apprends dans mon coin, je vais dans des parkings déserts du côté de la place de Clichy. Je mange des tonnes de tutoriel sur YouTube. Je progresse vite.

Un matin, je me sens d'attaque. Confiant. Je vais au Trocadéro, où y a un des spots les plus réputés du monde. Là où y a la crème des skateurs. Tout Paris et sa banlieue vient y taquiner du bitume. J'ai d'abord tricoté dans mon coin puis je me suis fait des potes. Ces mecs sont cools. On cause de skate et de nanas.
Un dimanche de juin, beau soleil, ciel bleu, petit vent frais, c'est la cohue au Trocadéro. Bien que démangé par une petite session de ride, je garde le bois en main et je retrouve les

potes. Eux ils sont toujours là, fidèles au poste, toujours fourrés dans un coin derrière la fontaine. Ils squattent deux bancs orientés vers le Champ de Mars. Les bières et les joints tournent à bon rythme, les blagues et les injures aussi. Ils sont peut-être une dizaine, il y a trois filles mais seule une skate. En fait, ces gens, ils sont pas skaters jusqu'au bout des ongles. Ils ont clairement une orientation zonards, ils vont virer « punk à chiens ». Pas de 1664 ou de Heineken, uniquement des 8/6 ; des joints au bec avec un air parfaitement blasé. Ils enchaînent les joints pour mijoter dans l'apathie ; des tas de tatouages et des piercings, des peaux brûlées par le soleil, des visages aux traits fatigués et marqués comme des vieillards ; des fringues crades, des godasses usées; ils ont aussi deux clébards maigrichons.
Ils me racontent leurs histoires. Ils habitent tous ensemble, quartier de la Goutte d'Or, dans un grand appart mis gracieusement à disposition par une association accompagnant la réinsertion sociale de jeunes défavorisés. Mais il y a une contrepartie, ils doivent bosser. Certains sont serveurs ou préparateurs de commande, d'autres font semblant de chercher du boulot et fourguent du shit.

Si on revient aux origines, la bande s'est construite autour du skate. Tous des mordus, des passionnés. Y en a seulement deux avec du talent. Ce sont Bastien et Thibault. Moi, je m'entends bien avec Thibault. Comme skater, c'est carrément un crack. Il m'impressionne. Il est facile, il lâche des tricks d'enfer. On le filme parfois, ou il participe à des compétitions. De temps en temps, des marques lui filent gratos des planches et des pompes, c'est mérité. J'aime bien Thibault, il est pas con, il pense vite. C'est un roublard. Il est toujours à lancer des paris, du genre « qui tente de sauter ces marches », ou « qui va foutre une main aux fesses à cette nana », c'est histoire de gratter un ou deux euros. Plus sérieusement, il gagne sa vie avec le poker, il joue en ligne. Plus ou moins professionnel, il ramasse dans les 3 000 balles par mois. Il y passe des nuits entières. Le lendemain, il est encore bourré d'adrénaline, il revit tout. Il me raconte les parties de cartes, son cerveau en transe, les moments de rush où il plume tout le monde, les moments où les tactiques foirent. Moi, quand je l'écoute, c'est vrai qu'il est une brute au poker. Pourtant, son feu, son art premier, c'est le skate. Il pense skate, il vit skate, il est skate. Il aurait dû se donner davantage, pas se disperser

avec la défonce et le poker, il avait le talent pour en vivre, il aurait pu devenir une star.
Même si le Trocadéro est bondé de riders, je résiste pas. Tandis que Thibault peste contre un site de poker turc qui veut pas libérer son argent, je prends mon skate, je le lance sur le bitume, saute dessus, prends de la vitesse, me faufile, je pose des flips et des grinds. Ça faisait longtemps, un mois pratiquement, je suis content. C'est fluide, j'ai de bonnes sensations, je réussis à peu près tout. Je tente et ça marche. Je termine ma session, reviens vers Thibault, je lui demande s'il a vu, il dit :

- T'as un bon style, mon pote. Comme tu bouges sur le skate, c'est smooth, mon pote… Franchement !

Putain de fier par les compliments, je chope une bière, je regarde au loin. Un soleil vert tombe sur le Champ de Mars. L'air du soir est humide, j'ai envie de remonter sur le skate mais je m'en empêche, trop de risques de faire moins bien, je préfère rester sur cette excellente performance, faut pas tenter le diable. Là, Aurélie se marre en disant « j'espère que t'as pas cru ce qu'a dit Thibault. Il va juste te taper de l'argent dans 5 minutes. »

Je reste avec la bande jusqu'au soir. On se casse du Trocadéro aux environs de 20h. Avec eux, c'est java tous les soirs. Sur nos skates, on dévale la très pentue Avenue de Iéna, puis on débaroule autres avenues et boulevards jusqu'au Canal Saint-Martin, d'une traite. Ah, diable, le putain de kiff que c'est de traverser Paris en skate. Et en bande, tous bien compacts, comme des fauves qui attaquent en meute, le bruit tonitruant des roues sur le macadam, nos planches qui giflent le béton pour monter les trottoirs, les passants qui s'arrêtent parce qu'ils ont peur,…

Près du Canal, on achète des bières et du rosé, des chips et du saucisson. On se pose vers une écluse. Sylvain sort sa guitare. Une des filles, Audrey, pousse la chansonnette. Moi, je picole moins que les autres, j'ai peur d'être soul. Pas certain que je puisse gérer une ivresse dans ces conditions, pas confiance dans ces types, le résultat serait vilain.

Si je suis sûr d'une chose, c'est d'être considéré comme un type sympa mais c'est tout, je suis une quantité négligeable. Ils ont beau être « de gauche » mais ils ne se mouilleraient pas pour moi, j'ai trop une teinte « bourgeois ». S'il m'arrive quelque chose, ils se tordront de rire, si je deviens soul comme un marin ils me laisseront le nez dans le vomi, le froc baissé, ils me lanceront des mégots pour m'apprendre à être né dans la soie. Je dis ça, je les ai vus à l'œuvre, ils sont cruels comme gens.

- On est des anarchistes, mec, me dit Aurélien en écrasant sa canette contre un arbre.

Pauvre arbre.

Aurélien aussi c'est un excellent skater, c'est certainement le leader de la bande. C'est surtout le plus dingo, la tête brûlée, le nerveux, celui avec des idées politiques, celui qui cherche la bagarre, celui qui cause plus fort que tout le monde, celui dont les gens ont peur. Sa gueule est tapée, 24 piges mais on lui en donne facilement six ou huit de mieux. Un visage saccagé par l'acné, des yeux noirs, des cheveux bruns clairs parfaitement hirsutes. Il transpire beaucoup, du dos, du torse, du front.

- Toi, t'es quoi ? il me demande.

- Quoi, quoi ?

- La politique, mec, t'es quel courant ? Tu votes qui ?

Je sais ma réponse mais je prends un peu de temps, c'est mieux si je prends du temps, faut pas qu'il pense que je réponds à la légère.

- Je m'intéresse pas à la politique. J'ai jamais voté.

- Putain, mec, il dit sur un ton pas ravi, c'est pas possible, ça. T'es à côté de tes pompes ou quoi ? On peut pas se foutre de la politique. Pas aujourd'hui. Bien sûr que t'as un avis ! Fais pas ta timide !

J'ai encore marqué un temps, j'allume une cigarette, je fixe l'écluse pour bien éviter son regard braqué sur moi, je connais encore ma réponse, elle va pas lui plaire, c'est la vérité.

- Je t'assure que la politique ne m'intéresse pas. Tout simplement parce que je suis indifférent à la société qui m'entoure.

- Indifférent ?

- Oui, murmuré-je.

Il ouvre une nouvelle canette de bière, il se marre, il m'observe trois ou quatre secondes, il secoue la tête. Brusquement, il se lève et se tourne vers le reste de la bande.

- Oh, écoutez, deux secondes…

Il se met à crier.

- Deux secondes putain ! J'en ai une bonne. Fermez-la, merde ! Écoutez ! Notre ami Gustav vient de me dire, hyper gentiment, qu'il en a rien à branler de la société. Comme ça. C'est normal. Il s'en branle. Il se fout de la société.

Thibault, le crack du skate, répond que lui aussi s'en fout, et il s'en fout d'autant plus que minuit est passé et la soirée est particulièrement sympa. Visiblement habitué, il demande à Aurélien de lâcher l'affaire avec ces conneries, on parle pas politique quand tout le monde s'amuse.

- Mais pourquoi il traîne avec nous, alors ? Nous, chacun de nous, on a tous une opinion politique. On est concernés par les choses. Lui, que dalle.

- Lâche-le…

- Non, vraiment. Nous, on se fiche pas des choses. On s'en est tous pris plein la gueule. La vie est dure. La société est une putain de chienne. Comment on peut être indifférent ? Moi, j'ai des comptes à régler, je peux pas faire semblant. Je suis pas un petit bourgeois désabusé comme lui, donc pourquoi il traîne avec nous. Y a des choses qui me foutent en rogne ! Je laisse pas passer…

- Et voilà, on l'a perdu, soupire Audrey.

Aurélien se tend, son cou, ses épaules, ses mains. Il avale une énorme gorgée de bière, il rote, il me regarde.

- Y a des putains de trucs qui tournent pas rond, il dit en me regardant dans les yeux. Moi quand je vois ces trucs d'enculé, ça me dégoûte, alors faut y aller, faut pas faire sa lopette et accepter d'être bien grassement niqué par les politiques et les médias ! Tu vois comme je vis. C'est un choix, mon pote, c'est un choix parce que je rejette leurs conneries, leur hypocrisie, leur indifférence. Ma vie avec mon skate, mon chien, mes trois pauvres thunes, mes nuits où je sais jamais où crécher, c'est un acte politique. Tu piges ?

J'ai hoché la tête, peur qu'il finisse par m'en coller une, je me demande comment réagir si jamais, pas bouger et encaisser ? me défendre et risquer d'avoir ses potes qui me tombent aussi dessus ? On n'en est pas arrivés là. Audrey me prend par le bras et dit à Aurélien de se calmer, elle propose de marcher le long du canal. Elle m'offre une cigarette. Fille rousse, la vingtaine, un style entre le reggae et le punk, des yeux bleus, des taches de rousseur sur les joues, de belles dents blanches, un corps avec des courbes sublimes, une peau légèrement laiteuse, une foulée sportive malgré l'ivresse. J'essaie de suivre le rythme, elle me dit de pas m'inquiéter pour Aurélien, quand il est soul, il s'emballe, il se prend pour un révolutionnaire, la moitié de ce qu'il raconte est faux.

- Il voulait te provoquer.

J'ai dit ok c'est pas grave, j'ai terminé ma bière, je suis parti. J'ai salué seulement Thibault. J'ai marché jusqu'à chez moi, le skate sous le bras, un peu ivre et déçu. J'ai plus envie de revoir ces gens.

Pièce N°4

À l'hôpital, Margaret vient plus me rendre visite. Elle est ulcérée contre ma face. C'est la merde, putain. En plus, mon téléphone arrête pas de sonner. C'est Alfred, mon dealer, il veut savoir où j'en suis, il me prévient qu'il a de la super bonne came. Ces infos m'excitent. Mais je peux rien faire. Si je reprends de la drogue ou de l'alcool, le médecin a été clair : ça peut me faire clamser ! Et je crois que je veux pas mourir. Pas maintenant, en tout cas.

En gros, la seule chose que je peux faire, c'est de me souvenir. Après le skate, je suis retombé dans une sorte de solitude. C'est le moment où je commence ma première année en école de commerce. Ça aurait dû m'ouvrir au monde mais je ne me mêle pas aux autres étudiants.
Début novembre, je promène mon clébard. C'est un cocker frappé par l'âge quand je croise Thomas vers le métro Villiers. Je me souviens du garçon. On était au collège ensemble. Je m'en souviens bien car, à l'époque, je lui avais vendu des numéros de carte bleue et je les lui avais vendus plus chers qu'aux autres, à ce petit con de bourgeois. Un truc m'énervait chez lui et il m'énerve encore aujourd'hui. Thomas, c'est un de ces mecs cools qui attire les gonzesses, il est à l'aise, il a de l'allure. Grand, mince, un visage racé, des yeux verts. T'as envie de l'aimer ce connard. En plus, c'est même pas une caricature de mode, c'est du genre dandy canaille, il mixe chic et voyou dans des gestes décontractés. Et son sourire moqueur, putain, comme les meufs tombent les putes elles deviennent trop amoureuses. Son regard est vif.
Au métro, j'ai le cocker quasi-mort au bout de la laisse et son regard me frappe. On se tend la main. Je me rappelle autre chose de lui : bagarre dans la cour de l'école où il avait pété le nez d'un type et il avait été renvoyé 10 jours de l'école.

Thomas me tape une cigarette. Il grimace à la vue de Tobby agonisant sur le trottoir et se pissant sur les poils.

- Il va bien ton chien ?
- Il est vieux ! Il va crever cette nuit.
- Mais là, sa langue, comme elle pend sur le côté y a un truc qui cloche.
- Non c'est bon. C'est parfait pour s'étouffer.

Ses yeux verts ont brillé. J'ai posé une question pour détourner tu sais quoi.
- Tu fais quoi comme études ?
- Sciences-po.
- Ça se passe ?
- Faut bien faire quelque chose.

Trente minutes plus tard, on est encore sur le trottoir à causer. On parle de la défonce. On parle de football. On parle des filles du lycée, celles qu'il a baisées et que moi je me suis branlé sur les photos facebook. On parle d'avenir, nos avenirs, sciences-po et l'école de commerce.
- On pourrait bosser direct !
- Sûr. On fait du pognon et on se barre loin d'ici. On est tranquille.
- Sûr.

Le chien s'impatiente. Il aboie comme un clodo sous son porche, c'est à gerber. Il fait un tel boucan on dirait une meuf qu'on viole avec la gorge à moitié tranchée, les passants nous regardent mal.
- Faut que je rentre, je dis.
- Ok, pose le chien et reviens. On va prendre une bière, non ? On se retrouve au Village ?

J'ai dit oui. Sans réfléchir. Je suis rentré et j'ai dit à mes parents qu'ils pouvaient donner mon assiette au chien car « j'ai rendez-vous avec un pote » et ils ont pas pu en placer une vu que j'avais déjà claqué la porte.

On n'est pas allés au bistrot. On a marché. On a donné de la basket jusqu'à Montmartre puis Barbès et la Gare du Nord. Ça faisait une trotte. On a dit que la vie était merdique, que ça donnait pas envie d'être adulte quand on voit à quel point les gens se comportent normalement. Il manque quelque chose. La vie est un feu, Paris est une ville qui doit brûler et pourtant les gens se traînent, ils font la gueule et ils font la queue dans les supermarchés, ils vivotent, ils ne savent pas faire grand chose, ils ne disent rien qui brille.
- J'aime la nuit, je dis.

- Je suis d'accord, il dit.

Je vois la nuit, elle est cool, elle est princesse, je goûte son silence. Je vois des ombres qui passent, furtives sous les lampadaires, des ombres au destin incertain, rentrent, rentrent pas, flânent, se compromettent, complotent, profitent ? La nuit est cool.

Avec Thomas, et cette balade, les choses deviennent claires, nettes. Je mets des mots sur des pensées jusqu'ici chaotiques. Je comprends des émotions qui faisaient que m'échapper. J'aime la nuit. Je me sens bien la nuit. La nuit des villes ? La nuit des champs aussi. Toutes les nuits. Quand les parents dorment et que leurs enfants sont mauvais. Toute enfance paisible est forcément une arnaque.

On achète un pack de bières. On se pose sur les jardins devant le Sacré-Cœur. On boit les canettes.

- Le monde est en train de changer, je dis. Le monde devient technologique, numérique, rationnel. Juste des faits. On pense 0 et 1. Tout est binaire. Ce sera bientôt beaucoup plus simple mais plus chiant. L'idée est que les sentiments et les passions créent les conflits. Avec le digital, plus besoin de s'embêter. Ce sera juste le plaisir. Lobotomisés à la fiction. La vie ne sera pas moins bien, au contraire elle risque d'être meilleure. On sera sans arrêt divertis, on ne se posera plus de questions. Les lois évolueront en fonction. La bien-pensance sera toute puissante. Il faudra punir sévèrement les cyniques et les pessimistes. Les entreprises et les politiques réprimeront ceux qui ne rentreront pas dans le jeu ou les marginaliseront.
- Tu exagères…
- C'est une loi de la nature. C'est une loi de la société de consommation.
- Je ne suis pas d'accord.
- Le romantisme ne sera plus. Il ne servira à rien.
- Putain, t'es trop un chat noir, il dit.

Je suis finalement d'accord avec ce diagnostic.

- T'as voyagé beaucoup ?
- Non pas trop.
- Moi je rêve d'aller à New-York.
- C'est la ville la plus inhumaine.
- Quoi ? à cause des gratte-ciels et du modernisme ?
- Entre autres…

- Allons-y !
- Ok, allons voir le diable dans sa tanière.

Pièce N°5

L'hôpital me garde en observation. Ils me shootent violemment, avec codéines, morphines et autres mignonnettes pour trépanés du ciboulot. Qui est le pire ? La Sécu ou mon dealer ? Les docteurs estiment que je représente un danger pour moi-même. Et pour les autres ? Apparemment pas.

- Même si je me concentre ?
- Que voulez-vous dire par là ?
- Oubliez, docteur.

Ils ont posé un diagnostic plus précis. J'aurai fait un delirium tremens. Ce delirium tremens serait le résultat d'un processus évident d'autodestruction à base de tise, de cocaïne, d'ecstasy, d'acide de tamien de chicanos. Mais ils veulent en être sûr. Tant qu'ils n'auront pas identifié la ou les cause(s), ils refusent de me relâcher dans la nature. Je dis rien. Je réponds à leurs questions de manière objective, c'est-à-dire en disant n'importe quoi. Ils réalisent comme je suis chiant et se désintéressent progressivement de mon cas.

Je fais le point sur la situation. Je ne veux pas forcément crever. C'est une option mais elle est pas hyper séduisante. Quand t'es mort tu captes plus rien.

Clairement, faut que je découvre comment j'ai pu me coller des caillots dans le cerveau. Un point m'obsède en particulier : la dernière soirée, la soirée fatale, celle qui a fait « échec et mat ». Qu'est-ce que j'ai bien pu faire pour avoir le droit d'entrée dans cette chambre d'hôpital ? Je me rappelle, je crois, comment elle avait commencé et elle avait commencé 24 heures plus tôt avec Thomas, au Bar du Marché. On a enquillé des bières fraîches. Puis on s'est embrouillés sur la meilleure façon de poursuivre la nuit. Cette nuit avait l'allure d'un crime. On décide finalement de rejoindre des potes dans un café rue du Temple. Un DJ croate ou lituanien pose un son qui croise hip-hop, country et house. C'est bizarre mais pas mal. On a gobé des buvards de

LSD. Environ une heure plus tard, je me revois buvant une vodka gin. La drogue est montée d'un coup. Comme une vague qui t'aspire et te fait valser contre les galets d'une mer froide, ton corps se fracasse et se fracasse contre les galets, le grand trou. Je ne me souviens pas du reste. Je ne crois pas que ce soit la SOIRÉE FINALE, je dis n'importe quoi, oubliez…

L'hôpital me libère.
De retour à la maison, dans notre appartement T3 à Europe avec Margaret, il est dix-sept heures. Margaret va bientôt rentrer du boulot. Elle est designer d'intérieur.

Je range les tonnes de médicaments dans des petites boites en plastique et rédige mon planning de frappe à partir des ordonnances. Je consulte les effets secondaires et espère secrètement qu'on arrivera à de telles extrémités.
Je me vautre sur le canapé. Je me sers un verre d'eau. Juste une petite gorgée. J'allume l'ordinateur et consulte mes mails. J'ouvre celui du patron signalant que Margaret l'a averti pour mon hospitalisation. Il espère que ce n'est rien de grave et je peux prendre tout le temps nécessaire pour me remettre sur pied. Il ajoute que tout le monde à l'agence pense bien à moi. C'est gentil, ma salope. Lui, depuis que je lui ai fait comprendre que je pouvais le balancer à l'Ursaff quand ça me chante, on s'entend hyper bien. Il s'appelle Richard Pinchot. Il a monté Alratys en 2001, c'est une agence de publicité spécialisée sur le display. Il a eu le nez creux au moment de fonder l'entreprise. La boite fait 10 millions de CA et compte 34 collaborateurs. J'en suis plus ou moins le directeur financier même si mon job au quotidien est davantage celui d'un comptable. Il arrive que je dépanne sur des audits de fonctionnement ou les consolidations budgétaires.
Dans cette boite, la plupart des gens ignorent mes vifs penchants pour la nuit. Ils me prennent pour un petit bourge du 17ème arrondissement. Ils se montrent courtois avec moi et succincts, comme on l'est généralement à l'égard des comptables et par extension celui qui maîtrise les subtilités administratives et fiscales.

Avachi sur le canapé, je jongle avec un mal de crâne extraterrestre. Je pense. J'ai pris toutes les drogues. Je bois comme si demain n'existait pas. C'est mon style. Faut-il crever pour ce style ? Je repense aux paroles du médecin. « Le traitement médical est une chose, mais si vous ne modifiez pas drastiquement vos habitudes de vie, si vous n'arrêtez pas la drogue et l'alcool, vous ne guérirez pas. Pire, les caillots se multiplieront. » J'ai l'intention de m'en sortir, pour moi, ma copine, mes parents, mes amis, mon employeur, Dieu et mon équipe de foot. Mais comment reprendre une vie normale, sans dérives ni spectacles ? Le boulot, le quotidien, la copine, les courses, le cinéma... Je suis fichtrement mauvais, je me casse la gueule dans le quotidien, c'est pour ça que je me défonce. Je suis trop curieux. Trop motivé.

Alors que j'ai pas bougé du canapé depuis une plombe, ma tête me laisse enfin un peu tranquille. Moins de migraines. Les idées un peu plus claires. Je considère ces salopes qui s'en prennent à mes neurones. Je ne veux pas mourir. En même temps, je ne peux m'empêcher de songer à la nuit qui arrive, à cette nuit d'automne qui va être douce et pleine de surprises. J'ai envie d'appeler mon pote Stan et de le convoquer devant un Mojito du Terrass Hotel. Non ! Je reste abruti, immobile. Une heure passe encore. Je ne bouge pas. Les migraines partent puis reviennent, elles donnent des coups de hache et disparaissent, ce sont des abeilles qui draguent un pot de confiture, elles vont et viennent avec des attaques plus ou moins précises et plus efficaces. C'est pendant une de ces attaques de désir de destruction que Margaret fourre sa clé dans la serrure et débarque dans le salon. Je jette un coup d'œil à la fenêtre. La nuit commence à tomber.

Margaret et moi sommes ensemble depuis huit ans. On est amoureux. On vit dans le monde de l'intensité. Les choses nous heurtent, nous passionnent, nous révoltent, nous embarquent, nous anéantissent. Sur cette intensité repose notre amour. On est aussi différents, pas le même milieu social ni les mêmes affinités politiques, pas les mêmes morales ni les mêmes goûts au cinéma. Ces différences consolident notre amour. En fait, seule la nuit nous sépare. Si je suis papillon et décadent, Margaret est une fêtarde mesurée, elle se lasse rapidement des balades et des ivresses. Notre couple est parti en couilles à cause de mes conneries de drogué alcoolo.

Elle pose ses affaires. Son regard est mépris.
- Ça va ?
Elle n'écoute pas la réponse, elle enchaîne.

- Tu te rends compte de ce que tu as fais ?
Sa voix est procédure. Elle se tient toute droite, le menton relevé. La mâchoire serrée, les yeux fixes. Elle prend une cigarette.
- Tu t'es attrapé une maladie de vieux clochard alcoolique ! A 29 ans ! Tu te rends compte ou pas ?
Je ne sais pas quoi répondre. Si j'ouvre la bouche, ce sont sûrement des conneries et des mensonges qui vont sortir et rien qui la rassure. Ça risque d'être des remords trop faciles ou des circonstances atténuantes. Je me tais. Je la regarde qui s'allume la clope et je sais qu'elle est pire que rogne, pire que déçue. Je la dégoûte. C'est ça, je la dégoûte. Je la dégoûte.
- Tu dis rien ? elle continue.
- Vraiment... Je ne sais pas quoi dire. Je suis totalement fou d'en être arrivé là. J'ai rien vu venir...
Elle secoue la tête. Elle écrase nerveusement son mégot dans le cendrier.
- T'as pris tes médicaments ?
- Oui.
- Tu vas arrêter tes conneries, maintenant ?
J'ai soupiré, j'ai réfléchi.
- Je te le promets.
Margaret a fondu en larmes.
- J'ai aucune confiance en toi. Mais qu'est-ce que je fous ici ? Pourquoi suis-je resté avec toi ? Combien d'autres types auraient pu m'offrir une vie meilleure, paisible et agréable ! Et je suis resté avec toi.
- Je vais changer, je t'assure.
- Je ne te crois plus.
- Pourquoi tu pleures comme ça ? ça va aller ! On va s'en sortir.
- Non, ça va pas aller. Je suis enceinte.

Pièce N°6

Putain elle est enceinte Margaret et je vais être papa, oh putain, c'est pas la bonne idée du tout, c'est même une connerie monumentale. J'ai aucune confiance en l'avenir du monde. Foutre un gosse là-dedans c'est le condamner à la merde même si tu l'accueilles avec des bodys tout mimis. Vraiment !

Cette nouvelle m'ébouriffe les poils du cul. J'y pense beaucoup et puis j'y pense un peu moins et je me remets à examiner le passé pour découvrir comment j'ai obtenu mon delirium tremens et comment, aujourd'hui, je me retrouve à deux doigts de clamser si je rebois ou resniffe ou refume ou regobe.

je reprends le fil des souvenirs. Ma rencontre avec Thomas, qui devient un bon pote. On passe du temps ensemble. Au bout de quelques mois, il a une idée, un projet. Et c'est pas du pipi de chat son projet !

Lors d'un dîner qui a dérapé, son oncle, manager dans un hôtel de luxe, le Hyatt, rue François 1er, a évoqué des failles de sécurité. La nuit, les espaces de livraison restent ouverts et n'importe qui peut accéder aux chambres des clients. Il a plusieurs fois alerté les patrons mais aucune mesure n'a été prise.

- Et alors ? je dis.
- On va cambrioler une chambre.
- Comme ça, au hasard ?
- Pas du tout. J'ai reparlé de cette histoire avec mon oncle et, cash, j'ai dit que je serais partant pour une petite opération cambriolage. Paf, les doigts dans le nez, t'arrive tu ramasses et ciao. Il était pas chaud au début, mais l'idée lui plaisait au fond. Il était bientôt excité comme une gonzesse. Il a pris du papier et un crayon et il a fait des plans. En deux minutes, si on la joue fine, on passe de la rue au 5ème étage du Hyatt et on se gave.

Je lâche mon téléphone sur le canapé. Je me gratte le menton car je réfléchis. Il y a encore une inconnue.

- On ne pourra faire qu'une chambre. Le bruit du premier braquage risque d'alerter les voisins. Comment on choisit ? Hasard ? Et si on déboule dans une chambre vide ? Le braquage le plus con du monde ?

Thomas roule des épaules.

- Ça aussi, c'est soigné. Y a une vieille franco-libanaise, complètement pleine aux as, qui occupe une chambre depuis plusieurs mois. Elle croule sous les biffetons et les bijoux.

- Ton oncle nous fournira un pass ?

- Mieux, il piquera celui de la vieille le jour même.

On répète le plan pendant des jours et on va dans les détails. Le plan est simple. C'est ça qui nous motive vraiment. Le reste, se faufiler comme des rats dans un hôtel parisien et traumatiser une vieillarde pour piquer son magot. On n'est pas certains d'avoir les épaules mais on doit aller à New-York.

Le jour J, on fait pas les fanfarons. On est habillés et équipés et on est prostrés sur le canapé. Pas un mot, pas un geste. Le seul mouvement est celui du poignet qui vérifie l'heure et on a plus ou moins la chiasse je crois.

- Je m'occupe de la vieille, dit Thomas, et toi tu t'assures qu'il y a personne dans le couloir.

- C'est bon.

On a pris un Uber qui nous a déposés à cent mètres du Hyatt. On a marché tranquillement. Comme on avait le plan gravé dans la tête, on s'est dirigés comme des chefs. Aucune fausse note, on n'a croisé personne. Quentin a ouvert la chambre.

La chambre était dans la pénombre, la vieille dort. Thomas lui a fourré la main sur la bouche et l'a secoué, pas méchamment. Elle a ouvert les yeux. Thomas a retiré sa main en lui faisant comprendre avec les yeux que si elle crie il lui pète les dents.

- Qui êtes-vous ? Que se passe-t-il ?

- On est là pour ton fric, mémé. Dépêche-toi de nous dire où il est.

Elle reste tétanisée. Elle capte rien. Elle croit pas une seconde qu'elle est en train de se faire braquer. Pas à Paris, pas dans un hôtel 5 étoiles.

- Tu vas réagir, putain !

Elle réagit enfin.

- Jamais, vous m'entendez ! Vous n'aurez rien !
Thomas se retourne vers moi. On avait prévu cette éventualité. Le moment de sortir un couteau et c'est tout.
- On n'a pas le choix, vas-y, je le presse.
Il a passé la main dans son dos, où la lame était coincée. Plusieurs secondes qui m'ont semblé une éternité, mais il a rien sorti.
- Je peux pas, il dit.
- Donne, j'ai dit en me rapprochant du lit.
On échange les places et je regarde la vieille dans les yeux, je lui ai montré le couteau, je me suis penché lentement sur elle. Mon regard est dur et froid. Elle ne quitte pas mon regard.
Je me rapproche encore, pas avec le couteau, avec les yeux, et je lui souffle mon haleine sur le visage. Puis j'applique doucement la lame sur sa gorge, c'est d'abord une caresse furtive puis après j'applique une petite pression au niveau de la carotide. Elle ne quitte pas mon regard. C'est mon regard qui la passionne.
- Où ?
- Dans le coffre.
- Combinaison ?
- 385902.
Pendant que Thomas rafle le trésor, je bâillonne la vieille avec du scotch. Je l'attache aux barreaux du lit. Puis je coupe le fil du téléphone.
- Quelqu'un viendra s'occuper de vous d'ici trente minutes.

On se barre de la chambre et on reprend le même chemin. Une pure partie de plaisir finalement, les portes ouvertes, personne. Jusque dans la rue on marche tranquille. On a du tourbillon dans les veines mais faut coller au plan, la jouer à l'aise. Le plan est de marcher tranquillement, donc on marche tranquillement. On marche pendant une demi-heure. Vers le parc Monceau, une voiture nous attend. On récupère les clés sur la roue arrière et on file vers la nationale 87. Le plan est de se rendre dans la maison de campagne des parents de Thomas, à Vernon. Ça a marché.

Plus de 12 000 euros en petites coupures, des tas de bracelets et de colliers en argent ou en or, on a succombé pour la bonne sultane. On a filé 20% du butin à l'oncle de Thomas.

L’affaire a fait son petit effet dans les médias. La Une sur Le Parisien et des reportages sur les 20h. Les journalistes sont unanimes : les voleurs ont profité d’une sérieuse aide de l’intérieur. Bien sûr, les flics pensent la même chose. L’enquête sur le personnel du Hyatt n’a rien donné. L’oncle de Thomas n’a pas été interrogé plus de dix minutes. Aucun indice n’est vraiment ressorti. Trois semaines ont passé, plus personne disait rien.

Pièce N°7

Avec Thomas, on utilise ces 12 000 balles pour le voyage à New-York. C'est son rêve et c'est mon cauchemar. Le projet merveilleux ?

Faut que je vous dise j'ai jamais été trop fan des vacances. Les vacances avec mes darons ont toujours été traumatisantes : j'ai été trimbalé l'été dans des clubs de vacance en méditerranée ou en Bretagne, l'hiver dans des stations de ski, j'ai jamais trop voyagé. En fait, très peu de vacances culturelles, juste Rome et Madrid lors de longs week-end à courir les musées et les terrasses. Je blâme pas mes vieux : j'aime pas les voyages et j'étais chiant, je gerbais ou j'avais la chiasse j'en mettais de partout, qui a envie de se balader dans ces conditions ! En plus, les autres cultures me semblent barbares et ennuyeuses. C'est mon côté chauvin mais je trouve que la France possède une histoire, une culture, des traditions et une langue de très loin plus convaincantes que n'importe quel autre pays.

Les États-Unis d'Amérique m'énervent. Leur statut objectif de première puissance du monde est horriblement irritant. C'est un peuple jeune. Ils ont faim, ils sont féroces. Ils ont l'instinct de conquête. Ils se foutent des bonnes manières, ils pissent sur les bons sentiments, ils fracassent les morales gênantes. Ils avancent, ils explorent, ils testent, ils investissent, ils jouent, ils perdent, ils continuent. La France, nation ô combien délicate et bougonne, est vieillissante. Nous sommes un peuple fatigué. Nous nous accrochons à nos privilèges et nous nous racontons de jolies histoires pour ne pas penser à notre décadence. Nous recherchons le confort, nous apprécions l'égalité, nous respectons tellement de choses, nous avons peur de la guerre, nous sommes inquiets face au changement, nous allons à peu près nulle part, nous sommes sur le déclin.

New-York est une excellente idée. Une ville inhumaine. Une ville monstrueuse de lumières et de bruits, bourdonnant 24/7 et qui bouffe le ciel avec des crocs d'acier et de pierre, où les gens donnent tout et se consument, où l'argent est une folie, où les nuits sont courtes et les journées hystériques. Nos premières balades dans la ville, on les a passées le nez en l'air, on en revient pas que les immeubles soient si hauts. Et autant d'immeubles ! Peu importe le quartier, l'heure, les rues de Manhattan sont vives. Fascinant mais je n'en dis rien à Thomas, je préfère qu'il pense que je déteste New-York. On se coltine deux ou trois musées, gigantesques et envoûtants. On s'encanaille dans quelques bars et boites. Moi je veux pas trop faire la fête, Thomas insiste, il lâche rien, il lâche les billets pour qu'on se saoule comme des marins.

- T'es beaucoup trop noir, Gustav. T'es un sombre ! T'es un triste ! Mais, le truc, c'est que je me demande si tu le fais pas exprès, si c'est pas un style que tu te donnes. Tu dis que tu détestes les gens puis, en fait, t'es hyper curieux, tu poses toujours des tas de questions aux gens…

- J'en sais trop rien. Sincèrement. Je pense pas trop à mon comportement. Je fais et dis les choses comme je le sens.

Sur le toit de l'hôtel, on fume une dernière cigarette avant de bouger dans une soirée électro. Je suis de bonne humeur. Pas longtemps puisque je pense soudain à mes examens de fin d'année. Je suis en école de commerce, à l'Idrac Business School. Une bonne école, pas prestigieuse, efficace. Jusqu'ici, mes notes sont correctes. C'est quoi mon avenir ?

- T'es sur le mégot, mon pote. On y va !

Je me brûle la pointe du doigt.

On a fait d'autres trucs et on est rentrés en France.

Alors oui je passe du temps avec Thomas et c'est mon meilleur pote. Le hic, c'est que je perds patience, je me lasse des choses. Ce qui est drôle avec Thomas, c'est qu'il a compris le point auquel je me foutais du monde. Seul mon monde m'intéresse vraiment. Pour pas me perdre (il doit bien m'aimer, j'imagine), il fait preuve d'un putain esprit d'initiative, et il nous organise des trucs tout le temps. Ce week-end de juin, il me branche sur un dîner chez une gonzesse.

- On sera tous les trois…

- Qu'est-ce qu'on va foutre chez elle ? Elle a quelque chose de spécial…

- On va se faire passer pour des artistes.

- Hein ?
- Cette meuf adore les artistes. Quand elle rencontre un artiste, elle vrille complètement. Elle baise tous les artistes.
- Diable ! On sait si elle est belle ?
- Une bombe.

On est déjà éméchés quand on se pointe pour l'apéro. Une vraie beauté, blonde de 22 ans aux yeux bleus et à la taille élancée, une jupe dérive, talons hauts.

Je joue à l'artiste. Je raconte que je fais des tonnes d'expositions et de vernissages, des voyages autour du monde, des gens fabuleux avec qui je passe des moments intenses et éphémères. Mes sornettes la rendent tigresse. La nana est clairement attirée par moi, elle snobe Thomas, le regarde jamais. Faut dire que je suis plus audacieux. Je lui propose un dessin. Elle vole jusqu'à sa chambre, gloussant comme une gamine. C'est le moment. Je vais dans sa chambre et elle vient de trouver une feuille et un crayon de papier. Je dessine trois ronds et j'écris un vers de Dylan Thomas. Elle est aux anges. Je l'embrasse. Elle dit pas non. Elle se met à mordre.

- Ton ami est dans le salon ?
- Dépêchons-nous !

Assis contre le bureau, je l'ai collé contre moi pour qu'elle sente ma bite bien dure. Elle a immédiatement percuté. Elle a sorti le paquet et m'a sucé. Elle était douée. Je regardais ses cheveux blonds ondulés et je regardais aussi mon dessin. Ce dessin est pas mal.

Vers minuit, Thomas et moi sommes de retour dans la rue.

- T'es un bon salaud. Te faire sucer pendant que je suis dans le salon.
- Meilleur artiste, c'est tout.
- Menteur implacable, ouais.

On rejoint les quais Saint-Antoine. La nuit est douce. Pas mal de jeunes boivent des canettes dehors. Une bonne ambiance.

- J'en ai marre de Sciences-Po, Thomas dit. Je sais vraiment pas si je dois continuer ces études. Mais je pourrais faire quoi à la place ? Je crois que je veux voyager. Aller de ville en ville, me débrouiller avec des petits métiers, c'est ça la vie…

Putain, à nouveau. Il me parle de sa gueule et sa petite existence insignifiante. Je suis pas un abruti de psychiatre, et je m'en branle de ses petits rêves mesquins de garçon des beaux quartiers. Il veut être écrivain, il le dit qu'à moitié, mais c'est ça, sa grande volonté est d'être Hemingway ou

John Fante. Je commence à en avoir marre de lui. Faut que je crache le morceau.

- Je vais te dire la vérité, Tommy. Jusque là, je te disais pas la vérité car je t'aime bien. Je voulais pas te faire de mal. La vérité, c'est que tu penses qu'à ta gueule et c'est chiant à mourir. Tu parles que de toi ! Ok, tu fais des choses pour nous, t'organises des soirées sympas où on se fait sucer. Mais t'es tout le temps en train de te contempler. Tu parles comme une colique. Tes conneries sur Sciences-Po et la vie de bohème, vingt fois je me les suis tapées. Et ton destin d'écrivain, j'y crois pas une minute. Je disais rien car je suis poli et je t'aime bien. Là, j'en ai trop marre. Fini. Je peux plus.

- Mais qu'est-ce que tu racontes ?

- Je veux plus qu'on traîne ensemble. On doit prendre des chemins différents.

ça le tourmente. Il a pas les mots. Je continue.

- Tu crois que t'es stylé et voyou. Tu te donnes surtout des genres. Comme tu es intelligent, c'est pas grave, ça passe et ça reste cool le temps avec toi. Mais là, trop c'est trop, je te trouve faux et superficiel. Tu es comme cette nuit où t'as pas eu les couilles de sortir le couteau et de le poser contre la gorge de la vieille.

Il s'est arrêté à un passage piéton. Moi je continue de l'autre côté de la rue. Il cherche à attraper mon regard tandis que je regarde mes pieds.

- Mais, mais, il bredouille… on est potes. On fait tout ensemble. Pourquoi ?

- On se lasse de tout, pélo. C'est une loi de quelque chose et c'est tout.

DEUXIÈME PARTIE

Pièce N°8

Depuis trois jours sorti de l'hosto, j'ai les médicaments qui me shootent comme il faut et je suis bien débile, les yeux hagards, je regarde la télé sans la regarder, j'ai ce mode de vie que seuls les escargots connaissent et la vie n'a pas d'importance.

Objectivement, je suis ni en manque de came ou d'alcool mais je crains d'être en manque et c'est ça le pire, c'est l'anticipation, le calcul (baisse de la morphine + baisse des calmants = boule de nerfs dépressive qui a envie de buter l'épicier du coin). Je sais que la modification à terme de mes ordonnances entraînera une atroce détresse. Je sais aussi que si je retombe dans mes fantaisies ça va sentir le sapin pour ma gueule et que je verrai la paternité depuis un terrain vague.

Je reviens peu à peu dans la vie réelle. On est dimanche et faut déjeuner chez mes parents. C'est la tradition. Bien sûr, j'ai averti les darons pour le séjour à Saint-Marc. J'ai menti sur les raisons, j'ai évoqué des caillots qui se baladent dans

mon crâne on sait pas pourquoi. J'ai servi le petit mensonge comme quoi j'ai chopé une maladie rare qui arrive de plus en plus souvent à cause de la pollution et de la malbouffe.
C'est passé.

Mes parents savent pas du tout que je suis un déglingué, arpenteur des nuits sauvages et trublion à la sauce Ricard. Mes parents sont comme mes collègues de l'agence de pub, ils voient en moi un petit bourgeois du 17ème arrondissement sans personnalité et sans vie, un comptable sérieux avec un plan de carrière très solide et un compte épargne logement. Sauf que ce compte épargne logement a été vidé pour la fête et que tout investissement de ma part (financier, psychologique et moral) n'a jamais été focalisé que sur des nuits de débauche aux relents de matins épuisés.

Margaret se maquille. Moi déjà habillé, j'ai pris de la morphine et je suis dans le salon. Me manque plus que d'enfiler une veste et hop on y va. Margaret, elle, c'est work in progress. Oh elle se maquille, fond de teint, crème hydratante, la totale.
Alors qu'elle se prépare, elle peste contre ce déjeuner. Le motif : j'ai pas dit la vérité à mes parents. On s'est déjà disputés à ce sujet. J'ai eu beau expliquer à Margaret que ça servirait à rien (la vérité sert jamais à rien à moins d'être utile, c'est partout dans la Bible si tu veux une preuve), je lui ai dit à Margaret que mes parents vivent dans une bulle de bourgeois : si on leur explique que le fiston s'est drogué jusqu'à la mort, ça ne ferait que leur foutre la déprime et l'ulcère, ils vivraient une honte sociale pour le restant de leurs jours et ils voudraient certainement sauver mon âme et ça je peux pas le tolérer.

Je pisse dans un violon, Margaret s'en fiche, elle négocie pas avec la vérité. Surtout si ça touche à la santé. De plus, Margaret exècre ce décalage entre ce que je suis vraiment (et ce qu'elle doit supporter au quotidien) et la façon dont mes parents me considèrent : un jeune homme actif et bien dans sa tête, droit dans ses bottes, à leur image.

- Je peux plus supporter les éloges de ta mère, et comme elle te trouve intelligent, et comme elle te trouve si beau, et patati et patata. Je crois qu'elle est d'une connerie en fait. C'est pas possible de pas voir que t'es un alcoolo de la dernière heure.

Et elle va encore dire « oh mon ange, oh mon pauvre, quelle affreuse chose que cet ulcère... »

Quand on arrive chez les vieux, rue du Général Foy, mon père n'est pas rentré de son tour de vélo (il fait du vélo le dimanche matin). On s'assoit dans le salon avec ma mère et mon frère, autour d'une bouteille de rosé. Je touche pas à la tise.

ça discute un peu, comment c'était à l'hosto et comment je me porte, si je vais mieux. Direct, ma mère sort les violons, elle me plaint, elle se lamente que je dois souffrir comme un porc. A côté, Margaret trépigne, elle bout, elle desserre pas la mâchoire, elle lève les yeux au ciel alors que ma mère débite ses niaiseries. Heureusement que la morphine fait toujours effet...

Le père rentre et on passe à table, devant un rôti et des pommes dauphines. Je parle un peu plus de l'hôpital. Mon père explique s'être renseigné sur mon problème. Il est allé sur Internet et attend qu'un ami neurologue le rappelle pour en savoir un peu plus. Il n'a pas trouvé beaucoup d'infos.

- Ce n'est pas une maladie courante, c'est certain. En tout cas, ils disent que le traitement permet d'éliminer les caillots au bout de quelques mois. Par contre, il faut vivre comme un moine. C'est LA condition pour que les médicaments agissent correctement.

Mon père sourit et enquille.

- Le médecin t'a bien prévenu à ce sujet ?
- Yep. Il a fait passer le message LOUD AND CLEAR.
- Mais tu viens de fumer une cigarette.
- Ça, j'ai le droit. C'est plutôt l'alcool qui pose problème. J'ai le droit à un verre de vin de temps en temps, juste pour pas être un chat noir en société...

Ma mère estime que ma maladie est la conséquence du stress dans mon boulot, c'est même certain. Elle me conseille de mettre la pédale douce. Je regarde Margaret, tête basse, j'ai honte. Et Margaret fulmine, du feu lui sort des oreilles.

- Quand est-ce que tu reprends le boulot ? enchaîne maman.
- Oh, bientôt !

Ma mère suggère que je me repose davantage (et que je mange des artichauts et que je regarde Arte) et je dis oui, oui, oui, oui, oui...

C'est à ce moment que Margaret, qui fulmine toujours, l'ouvre et je vois à sa tête que c'est pas une démarche gentille.

- En êtes-vous certaine, Madame Scali, pour sa « maladie » ?

Ma mère roule deux yeux tout ronds.

- Je ne comprends pas, Margaret.

- Sauf le respect que je vous dois, enchaîne ma copine, mais je vous écoute depuis tout à l'heure et je crois que vous devez connaître la vérité. Si votre fils est incapable de vous la dire, alors je vais m'en charger. Je le fais pour vous, mais surtout pour lui.

Stupeur autour de la table, comme un instant suspendu, des regards qui ne connaissent aucune époque aucun lieu aucune grammaire ! Chez les Scali, on ne fait jamais de révélations fracassantes. On préfère mille fois les conversations chiantes autour du temps qui passe plutôt des échanges sincères susceptibles de créer des inconforts ou, pire, des étincelles.

Fourrant mon visage entre les mains, je soupire. Ça va chier. Ça va être la grosse merdasse, je vais encore décevoir mes parents, une fois de plus. Autant j'aimais ça jeune autant, aujourd'hui, je vois plutôt ça comme un emmerdement.

Dans le salon familial, le silence devient un empire. Je laisse faire, j'essaie pas de bloquer Margaret, je courbe l'échine et j'attends la sentence.

- Votre fils est un drogué, elle dit. Et alcoolique aussi, c'est un dépravé. Ses caillots sont le résultat d'une consommation frénétique de drogue et d'alcool. Voilà pourquoi il était à l'hôpital.

Du silence et encore du silence. Mes parents sont restés tétanisés. On n'a pas fait de vieux os. On a bu le café dans une atmosphère d'église et on s'est barrés avant que ma mère ait pu encaisser le choc et me dire tout le mal qu'elle pense de moi et que je suis un fils décevant, pathétique, qu'elle ne pourra jamais pardonner une telle trahison.

En rentrant à la maison, j'ai pas confronté Margaret. J'ai rien dit qu'elle ait tout balancé, ça devait arriver et, au final, fallait crever l'abcès. En un sens, je comprends. Sa démarche est brutale et elle fout une merde cosmique dans la famille. Mais il faut parfois dire les choses telles qu'elles sont, les dire crues, dans un style totalement factuel, sans empathie. C'est comme plonger dans l'eau pure d'un lac de montagne. On en ressort tout propre et vigoureux.

NOUVEL HOMME ?

Pièce N°9

Nouvel homme mon cul, je suis far trop mongolien pour changer, je suis un être abstrait et tu crois que Pollock avec ses tableaux a déjà réglé le moindre problème dans ce monde de pisse-billets et de chattes en chaleur !

J'essaie de penser le moins possible à la grossesse de Margaret. J'ai pas les épaules pour être papa, je suis lucide, je t'emmerde.
Je reviens à mes souvenirs.

Après avoir zappé Thomas de ma vie, je me suis concentré sur l'école de commerce. Je travaille correctement. En 3ème année, on oblige les étudiants à créer une entreprise, cette fameuse start-up dont rêvent les nouvelles générations.
Par rapport à leurs parents, les jeunes veulent bosser autrement. Le travail ne doit pas être une corvée, ils veulent bosser à la cool et toucher à tout. A l'Idrac Business School, on déroge pas à la règle. Mes camarades sont parfaitement enthousiastes par ces projets de création d'entreprise. Pas moi. Je me fous de lancer des projets, j'ai pas l'âme d'un inventeur.

Hélas, j'y couperai pas. Ce module est obligatoire pour valider le diplôme et je suis quelqu'un de pragmatique, je me suis pas tapé deux piges au royaume des petits bourgeois à mèche pour aborder le marché du travail avec un CV pourri.
Le jour de la composition des équipes, je fais face à un problème pratique. Les projets se font en groupe d'au moins trois étudiants. Youpi ! J'ai aucun pote. De toute évidence, je vais me farcir les idiots du village, ceux qui galèrent et ne fréquentent personne. Alors que les équipes se forment, je bouge rien, je laisse faire, je regarde le plafond. C'est de la connerie, tout ça. Créer une putain de start-up, ah, je me marre. Dans 90% des cas, vous avez un produit ou un service qui ne rencontrera jamais son marché. Du pognon jeté par la

fenêtre pour des jeunes mecs et nanas qui s'imaginent CEO de Facebook en se touchant le soir.

Malgré mon attitude qui pue la défaite, deux types me proposent de rejoindre leur projet. L'initiative me prend de court. Premièrement, ce ne sont pas des loosers, mais parmi les meilleurs étudiants de la promo. Deuxièmement, ce ne sont pas des ringards, l'un est dans le BDE, l'autre a la réputation de se taper toutes les bonnasses de l'école. Troisièmement, pourquoi moi ?

- Si ce qu'on nous a dit est exact, tu sais coder. C'est exactement ce dont nous avons besoin. Avec Jérémie, nous avons une idée de plateforme web qui comprend une forte dimension technologique. Tu sais coder ?

Je recule ma chaise, je reste assis, bras croisés, j'observe furtivement leurs airs de trou du cul prétentieux. Pourquoi ne pas leur donner une chance ?

- C'est ça, je sais coder. J'ai des notions.
- Génial, mec. Tu veux que je te parle de notre idée ?
- Bien sûr.

Olivier Arlaud est celui qui parle, Jérémie Lardas reste en retrait. Ces deux types ont des physiques très différents. Olivier Arlaud est grand, costaud, blond ; Jérémie Lardas est petit, grassouillet et poilu.

- Jérémie, je t'en prie. Raconte-lui l'idée. C'est la tienne !

Je me tourne vers le mec et je tombe sur des yeux noirs, noirs comme du charbon et qui feraient peur à des chevaliers. Ces yeux accrochent mon regard et ils sont hypnotiques. Je suis scotché, je deviens très attentif.

- Notre projet est de développer une plateforme de mise en relation entre photographes et agences immobilières.

Ok. C'est chiant.

- Je suis parti de ce constat, il continue. Les gens visitent beaucoup trop d'appartements avant d'acheter ou de louer. La plupart du temps, ils ont été induits en erreur par les photos. Les photos sont de mauvaise qualité, les prises de vue sont trompeuses, il manque des pièces... Pour les particuliers comme pour les agences immobilières, 70% des visites sont des pertes de temps. Avec notre plateforme, c'est terminé. Pour un budget raisonnable, les agences mandatent un photographe professionnel qui va produire une galerie de photos à la fois réalistes et séduisantes.

Wahou, concept puissant ! l'idée me séduit ! un problème réel et une solution concrète, c'est pas le dernier des débiles, celui-là ! Olivier Arlaud reprend la parole.

- Avant que tu demandes, ce genre de site n'existe pas. Tu comprendras donc que c'est très confidentiel. Pas un mot, ni à l'école ni autour de toi.

- Pas de souci, je comprends.

- Alors ? demande Jérémie.

- Il claque ce concept, putain. C'est terriblement bien pensé.

- Ça t'intéresse de nous rejoindre ? En tant qu'associé ?

Enfin, il était temps, je me suis levé de ma chaise. Juste, je ne me suis pas levé vite, j'ai pris mon temps, j'ai pesé chaque geste car j'ai compris un truc, nous trois, là, nous les jeunes pleins d'ambitions, nous vivons un moment spécial. Les secondes ralentissent, le pouls s'accélère, les nerfs et les tendons gonflent sous la peau, cette impression que la vie est en feu, ce moment aura un impact sur notre avenir.

- Bien sûr que je vous suis !

La répartition des rôles ne pose aucun problème. Nous avons trois profils différents. Olivier Arlaud, un fonceur, boxeur, carré, famille, dans la finance, plutôt grande gueule, filou. Jérémie Lardas : discret, juif, calculateur, barbu, petit, combatif. Moi, effacé, pragmatique, nonchalant.

L'idée est bonne : une appli de mise en relation entre agences immobilières et photographes professionnels pour améliorer la qualité des photos sur les annonces. En plus, on s'adresse à une clientèle haut-de-gamme et il y a toujours du fric à se faire quand on évolue sur un tel segment marketing.

Mes collègues travaillent sur la levée de fonds, moi je regarde ça de loin. Eux, ils ont l'habitude, leurs parents connaissent la petite mélodie financière, ils ont été élevés dans les emprunts et crédits, ça ne leur fait pas peur. C'est pas mon cas. Mes parents détestent les banques, ils ont fait des prêts immobiliers et c'est tout. Aucune prise de risque. Si tu prends pas de risque comment t'espère devenir riche ! Si t'es pas dans le die trying, oublies !

Pour les levées de fond, en France, c'est carrément la dolce vita. C'est à cause des start-up, ça délie la bourse des financiers à moustache et à mocassins à bouts pointus, comme ils sont bien polis les mocassins ! Y a du fric à plus savoir qu'en faire. Entre la BPI, les régions, les départements, tu ficelles une petite connerie de business plan et tu raques facile des dizaines de milliers d'euros pour amorcer ta société. Les banques prêtent surtout aux start-up qui s'appuient sur de la technologie. Nous, on est tout à fait dans le délire.

J'accompagne Arlaud et Jérémie aux pitchs devant les fonds d'investissement. On va dans les beaux-quartiers, et les bureaux sont généralement à couper le souffle, modernes et fleuris, évidemment que t'es motivé le matin si c'est pour poser ton cul dans ces superbes fauteuils et face à ces verrières grand luxe. Ils vivent bien ces gens. Quand tu leur serres la pince, tu te rends compte qu'ils ont une maîtrise totale sur leur environnement. Ils te regardent comme s'ils sont arrivés, où je peux pas dire, mais ils y sont et toi, y a de grandes chances que tu sois simplement un vilain ver de terre qu'ils pourraient aider grâce à leur immense pouvoir monétaire.

Mes collègues aussi sont à l'aise, ils s'assoient autour de la table et ils pitchent comme s'ils avaient fait ça toute leur vie. Les personnes qui nous évaluent, avec leurs tronches de curé, on dirait qu'ils s'en branlent complètement de ce qu'on dit, comme si c'était pas leur thune car ils veulent lâcher le pognon vu qu'ils ont plein de pognons à lâcher. C'est fou comme dans certains milieux l'argent semble n'avoir aucune importance et en même temps est la chose la plus importante. Comme s'ils distribuaient des pin's. Au final, après plusieurs tours de table, on gratte quelques 90 000 euros. Un braquage en toute légalité.

Avec cette belle somme, je peux me coller au développement technologique de la plateforme. Je m'y connais en code et j'ai les moyens de faire les choses bien. Je m'adjoins les services de deux développeurs informatiques d'expérience. On part sur une technologie Drupal et java, avec des serveurs OVH boostés à pleine balle. En un mois, la première version de Fixette est disponible. Nous l'améliorons au fil de l'eau, en y ajoutant des fonctionnalités. Deux mois passent et les agences immobilières utilisent nos services : 120 missions effectuées en 5 semaines ! La croissance est là, Fixette marche bien.

Je dois avouer que je me prends au jeu. Le départ fulgurant me plaît et cette start-up pourrait bien être une cash machine, genre on revend d'ici un an ou deux et on se fait un demi-million chacun. Sauf qu'un soir, je suis au bureau (dans les locaux de l'Idrac), mes deux associés sont rentrés chez eux et je parcours des documents administratifs quand je tombe sur des documents pas chouettes : des compte rendus de séance où ils ont modifié la répartition des parts d'associés. Et ils ont touché à quelle part ? à la mienne ! Les enculés ont fait ça derrière mon dos, j'avais 33% et maintenant je passe à 10%. Ils se sont servis de ma position minoritaire pour m'entuber comme il faut.
Je m'exaspère une bonne partie de la nuit et je prends une décision.

Je prends la décision de pourrir le business. Comme j'ai considérablement augmenté mes compétences en informatique, je conçois un petit virus de derrière les fagots. Le principe est simple : la plateforme repose sur des mises en relation et plus particulièrement sur la confiance placée par les photographes dans les missions qui leur sont confiées. Je crée un algorithme qui génère automatiquement des milliers de missions. Cela crée des tas de fausses missions : non seulement les photographes sont furieux de se bouger le cul pour rien, mais il faut aussi les payer. En trois semaines, mon stratagème désoriente complètement la boite. Mes deux associés m'annoncent que les dettes s'accumulent.

- Ah, mince, je réponds.

Ils prennent la décision de liquider.

- Après moi, le déluge !

Pièce N°10

Les nouvelles générations, Internet et les réseaux sociaux, c'est la fin absolue de la modestie. Je vous dis ça car je passe beaucoup de temps sur la toile.

Tout le monde y est très important, tout le monde y a droit, et y a droit non pas à un quart d'heure de célébrité espèce de pingre mais y a droit à une exposition permanente de soi pour que tout le public, tout le monde dise « oh que j'aime ta photo » et « comment j'adore de fou ce que tu as à dire ». Et c'est la merde : on est des tas à se trouver spéciaux.

C'est une révolte générationnelle ! Pourquoi on ferait comme nos parents ? Nos parents sont chiants, prévisibles, ils veulent du confort et tout, ils chient pas sur le trottoir. Nous, on est jeunes et on veut pas de ça, on veut chier sur le trottoir, on veut exister, on fait les beaux. Jusqu'à un certain point : au moment où il s'agit de prendre des grosses décisions, soudain, yiiif, ça devient moins seigneur, les couilles rétrécissent.
C'est ce qui s'est passé pour moi à l'approche de ma vie professionnelle. Franchement j'avais fait plus ou moins une jeunesse de rebelle nihiliste où j'ai envoyé foutre mes potes du skate puis Thomas et où j'ai planté la start-up, j'ai pas arrêté ado de promener une gueule de corbeau.

Au final, à l'approche de l'obtention de mon diplôme, je me suis aligné. J'ai joué le jeu, je prends le collier. A la fin de la 4ème année, je choisis ma spécialisation. Comme je suis à l'aise avec les chiffres, j'opte pour la comptabilité et le contrôle de gestion. Pour une raison simple : les profs répètent en boucle que les débouchés sont spectaculaires dans ces métiers, qu'il y a une pénurie de talents et que les entreprises lâchent des salaires ronflants. Ouais je veux faire de la thune poto.

Ce Master en compta en finance d'entreprise est de haut niveau. Il est réputé en tout cas. J'assiste à tous les cours, magistraux et TD. Je prends la chose sérieusement. Je me secoue les puces pour être au niveau. Je lis les bouquins conseillés par les profs.

La comptabilité n'offre aucun plaisir intellectuel primaire. Ni secondaire. C'est du chiant sur toute la ligne. Faut se farcir toutes les dispositions fiscales, sociales.
Je suis courtisé par le Big 4 (KPMG, Deloitte, EY et PwC) mais je choisis un petit cabinet, avec un meilleur salaire et plus d'expériences. C'est ronflant.

C'est pendant ce stage que je rencontre Margaret, lors de la Pendaison de Crémaillère, et on se met bien tous les deux assez vite. J'ai un coup de foudre avec cette fille. On boit des cafés et on a des choses à se dire, plein de choses à se dire, avec une fille !!!! Franchement je pensais pas, j'avais la conviction que jamais je me mettrais à la colle avec aucune fille parce que les filles sont juste capables de faire souffrir les mecs ou de leur pourrir la vie, parce qu'en dépit de leurs attitudes rock elles ne sont jamais vraiment originales et elles tiennent pas la distance. Margaret n'est pas comme les autres. Elle est pas tendance, pas bobo. Elle a eu une éducation stricte et s'est forgé un caractère solide. Ça me plaît. On se fréquente bien pendant quatre mois puis on emménage ensemble.

C'est une histoire d'amour car quand vient l'été et on décide de faire vacances à part et moi ça me fout en l'air. Ce qui se passe, Margaret va avec ses copines en Angleterre et j'en ai un sacré pincement au cœur. Je suis jaloux, je suis pas bien, je suis pas content, ça fait chier, je l'aime bien cette meuf, elle va me tromper la pute.

Moi, je vais en Espagne avec mon pote Stan. Je vous ai pas parlé de Stan, je crois ? Le fils de pute que c'est, c'est mon nouveau pote et je l'ai rencontré lors de ma 4ème année à l'Idrac. Il est complètement siphonné, le mec parfait. Redoutablement intelligent mais en même temps parfaitement déluré. On a hyper bien accroché tous les deux. Il m'a largement initié aux drogues : je connaissais un peu la marijuana mais là, on a plongé plus profond, avec les acides, la MDMA, la cocaïne et même aussi la crystal meth.

Pour ces vacances, je supporte pas d'être séparé de Margaret. Je réalise soudain l'importance que cette meuf occupe dans ma vie, comment sa présence change mon humeur et me rend mieux, plus affûté, plus heureux.

De fait, je suis tout sauf un bon compagnon de road-trip. So bad, Stan y avait mis les formes. Il a loué une superbe décapotable anglaise pour filer sur les routes espagnoles comme si on avait trois trains au cul et un incendie de forêt. En prime, il a chargé quantité de barbituriques et d'alcool et il a prévu des destinations hypra-cool (Malaga, Cadaquès, Madrid, Séville, Bilbao...). Rien de tout cela n'a été suffisant. Ni le plaisir de conduire, ni les drogues, ni la joyeuse démence de Stan. Je suis obnubilé par Margaret. Je pense à elle tout le temps. J'imagine sa douceur sous le ciel gris pluvieux de la perfide Albion, je la suppose triste, aussi triste et désemparée que moi. Je crains drôlement qu'elle s'entiche d'un joli musicien avec des tatouages et les dents jaunes.

Je me suis arrangé pour écourter le voyage ibérique, au mépris des envolées lyriques de Stan qui n'a pas eu son quota de glissage de tangas. Je suis rentré à Paris en même temps que Margaret. Hélas, je reçois d'elle un mail indiquant qu'elle aura trois jours de retard. Ces trois jours sont invivables, c'est con l'amour. Je sors pas de chez moi, cigarettes et télévision. Je suis comme une mouche dans une toile d'araignée.

Une fois revenue à Paris, la scélérate fait quand même durer le plaisir. Elle est allée chez ses parents je sais même pas pourquoi, une histoire de passeports qu'elle doit faire enregistrer dans une obscure ambassade exotique.
Tapi dans un coin de ma chambre, pareil à une bête féroce, déjà habillé, coiffé, parfumé, j'attends son coup de fil pour me lancer à toute blinde dans les rues. Mon humeur est débile. Je ressens la terreur du manque de l'autre. Oui ça ressemble à l'Amour quelle connerie l'amour. Il m'est arrivé en pleine figure. Je suis foutu je comprends rien.

Enfin. Boulevard Haussmann, près de la station de métro Saint-Augustin, c'est là qu'on se retrouve. On avance l'un vers l'autre, super lentement. Juillet est brûlant, canicule fossoyeuse pour les papis. Les Parisiens sont en vacances, le boulevard est calme. Sur ce boulevard, juste nous deux. Nos deux têtes fières comme deux chevaliers qui s'affrontent en duel. Le soir tombe. On se pose aux Lettres Molles, un café vers le square Bergson. Elle me raconte l'Angleterre avec ses copines, les pubs, les miteuses chambres d'hôtel, les péripéties, l'étrange mentalité anglaise et aussi son envie de me revoir – quand même. Je lui raconte mon road-trip espagnol et insiste férocement sur comment elle m'a manqué. On passe toute la nuit à marcher dans Paris et boire du vin. On rentre à l'aube, on dort quelques heures, puis on repart se promener.

En cette fin d'été, on attend pour reprendre le boulot et on passe notre temps ensemble avec cette petite choute d'amour. On en profite pour traîner au lit. On fait les zombies à domicile. On reste terrés à vraiment rien sinon regarder des films, télécharger des musiques et cuisiner des recettes compliquées dont la préparation nous voit hilares et la dégustation navrés.

Margaret est un lézard. Elle reste des heures dans un lit sans bouger, les yeux au plafond, elle écoute de la musique. Puis elle change de position, elle est allongée, et en boule, et les jambes croisées, la tête en bas. Autrement, elle arpente nerveusement l'appart, des allers retours secs et rythmés où elle est avec son carnet de dessins et elle dessine des intérieurs d'appartement. Elle aime son métier de designer.

Ces deux semaines en total exclusif sont étonnantes – j'ignorais que je pouvais autant bavarder et partager avec une fille. Pour la première fois, je fais entrer quelqu'un dans ma vie. Elle s'intéresse à moi, elle cherche à me comprendre, elle est curieuse. Y a rien de plus important que d'être curieux.

On va retrouver le boulot et là, Margaret me fait un truc étrange. Elle veut qu'on se fasse un serment, parce qu'on est amoureux et qu'il faut pas foirer la chose.

Elle pose ça là.

« L'amour, ça peut être vraiment un truc merdique. L'autre se barre ou te trahit. La passion pourrit avec le temps. L'amour peut être une contrainte ou une excuse. Mais combien de gens ont déjà vraiment aimé ? Qu'est-ce que l'intensité

de l'amour ? A quelle intensité on peut dire que c'est de l'amour ?
Je me pose ces questions depuis que je suis petite. J'ai lu des histoires, j'ai vu des films, j'ai parlé avec des enfants et des adultes, j'ai essayé d'aimer et j'ai essayé de ne plus tomber amoureuse, j'ai imaginé ce que pouvait être l'amour.

J'ai décidé que toutes les conceptions de l'amour sont fausses. Elles sont injustes et tristes et décevantes. J'ai donc forgé ma propre conception de l'amour. Cette conception est devenue mon serment et je veux le partager avec toi, comme des frères d'armes mélangent du sang.

Ce serment, c'est la chose la plus importante du monde. Arrête de rire, Gustav, je suis sérieuse. On ne badine pas avec l'amour. Moi, je ne badine pas avec l'amour. J'ai eu mon soul de souffrances et de trahisons et si tu veux que je t'aime alors il va falloir faire ça bien. Non, je ne suis pas dans mon trip, non un serment n'est pas naïf. Un serment, tu engages ta parole et ton honneur. Ce serment ça voudra dire que tu m'aimes et que tu m'aimes pour toujours. Hein ? C'est long, quoi c'est long ! Arrête de t'amuser avec ça, moi je suis hyper sérieuse. Vois ça comme un mariage en plus chevaleresque, en plus intime et en bien plus subtil. »

Elle m'a regardé dans le blanc des yeux.
- T'es prêt ?
- Oui.
- Seras-tu avec moi exclusif ?
- Exclusif ?
- Oui, seras-tu exclusif ?
- Oui, je le serai.
- Constant ?
- Oui, je le serai.
- Loyal ?
- Oui, je le serai.
- Passionné ?
- Oui, je le serai.
- Je t'aime.
- Je t'aime.

Elle reprend le boulot dans son cabinet de design intérieur. Moi je fais des stages bien rémunérés dans des cabinets d'audit. Puis, j'intègre Alratys, l'agence de pub. Et c'est fou alors comme le temps s'accélère. La routine s'installe. On s'en rend pas compte au début. La routine, c'est comme une rumeur, ça s'installe tout doux, c'est comme l'herbe tu vois pas la pousser et, un jour, paf, t'en as plein les pieds.

Et c'est là que ça arrive, je suis pas fait pour le confort, j'ai besoin d'adrénaline.

Paris est une source infinie de découvertes et de surprises mais dès que t'as crocheté dans la vie de bourgeois, c'est comme si tu pouvais plus faire grand-chose. T'as 5 jours pour ton employeur, les soirs pour ta meuf et les week-ends à faire des conneries sociales.

Moi, la routine, ça me fout en l'air et ça m'incite à sortir avec Stan. On fait des virées. D'abord, c'est timide, on se contente de restaurants et d'un petit verre et hop ça rentre. Mais on passe à la vitesse supérieure. Stan, il est comme moi, il est pas en couple mais il a besoin d'aventures. Il bosse dans la banque comme conseiller en gestion de patrimoine et ça lui casse les couilles façon donc faut qu'il aille voir ailleurs si la coke y est.

On déconne, on rallonge les nuits, on boit plus, et on se drogue sérieusement, on prend tout, on passe à la caisse. Ça fait des nuits qui vont loin. Bien sûr, ça inquiète Margaret, ça l'énerve prodigieusement. Elle veut construire une famille et elle trouve que je me comporte comme un ado mal dans sa peau. Elle a pas tort. On a des discussions assommantes sur l'avenir. J'arrive pas à les supporter. On se mange des engueulades terribles. Quand je rentre de mes maraudes, tard la nuit tôt le matin, elle se lève, elle m'attrape par les oreilles et elle hurle sur pourquoi je rentre aussi tard. Moi je suis pas foutu d'articuler un mot, elle articule que je me fous de sa gueule.

Pièce N°11

Je suis toujours en attente du OK des toubibs pour reprendre le boulot et donc je me fais chier à la maison. Je reçois même la visite de ma mère. Elle est encore toute chiffonnée par la révélation de Margaret. Comme c'est casse-couilles les parents, comme ça cherche à sauver l'âme de leurs enfants, j'ai pas d'âme moa. Elle passe pour le thé et je décroche à peine trois mots mais elle fait toute la conversation sur pourquoi et comment je dois arrêter de boire et de consommer des drogues sinon c'est la merde et je vais passer à côté de ma vie. Je dis mais oui mais oui mais oui, et puis elle part et je repars dans mes souvenirs.

J'en étais à la routine. Elle s'installe. Une vérité ? Les choses chiantes s'arrangent jamais, surtout quand on a le diable dans la peau et des bêtes qui tournent autour en se régalant de votre vilaine sueur. « Moi aussi je veux du mal et du vice » dit une drôle de voix intérieure.

Après un an de vie commune avec Margaret, je deviens le pire mec du monde, le plus fuyant et puéril. J'essaie de voir ma copine le moins possible et Stan le plus possible. Souvent, dans le cadre de son boulot, il doit partir plusieurs semaines à travers l'Europe pour rencontrer des clients, serrer des paluches et signer des contrats. Quand il revient, on y met les formes.

Quand il revient, Stan jubile de retrouver Paris. Le mec, il se tape les plus belles villes du monde mais c'est à Paris, dans cette nurserie de sinistres pontifiants et d'immeubles en pierres de taille, qu'on trouve les filles les plus jolies du monde. Et ça tombe bien : mon pote a faim comme jamais et le salaire vient de tomber. « Oh les filles, mama mia, je suis commandé par les paires de fesses. » Ouais bah, commande une bière déjà et raconte pas ta vie tu me casses déjà les couilles.

Au bar du Progrès, à Montmartre, on a vidé des bières et des godets de whisky, en mode viking. Des tourbillons de conversation jaillissent de nos lèvres. On fait ce que les ados appellent « refaire le monde » et on le fait à fond, sans trembler, sans arrière-pensées. Ça fait toujours plaisir de se retrouver. On pose un avis atomique sur les femmes, l'amour, le plaisir, le travail, le contrat social,... On se retrouve plusieurs fois sur cette idée : « Le bonheur passe par la capacité à se tirer une balle dans le pied au moment précis où tout va bien. » WAHOU COMME C NIHILISTE. Dans une civilisation bientôt gouvernée par l'intelligence artificielle, forcément que la valeur réside dans la punk créativité qui consiste à faire du NO REASON BUT FUCK IT AND START WITH ME.

Stan imagine d'ailleurs la théorie de la mouette suicidaire. Le « normal » est un drame. Faire quelque chose de systématiquement rationnel, c'est la garantie de devenir cinglé. Oh, comme il est ennuyeux de respecter le contrat ! Et quel plaisir de fin gourmet que remettre en question ses petits acquis bien confortables... Mieux, quel délice d'atteindre le bonheur tant espéré mais opter au final pour un saccage pur et simple !
Le secret du bonheur réside dans l'illogique. « Je tue ce qui me fait jouir » s'extasie Stan. « C'est la tactique de la mouette suicidaire. »

On poursuit cette conversation de branleurs dans un bar branché du 6ème arrondissement, le Mystère. Assis au zinc, devant un mojito bien serré, on reconnaît des gens de la TV et on trouve qu'ils sont moches. Ça devient ensuite une affaire d'espionnage. Les regards au départ sur les vedettes du petit écran, maintenant furètent à droite et à gauche, à tort et à travers. Ils sont papillons. Ils traquent la femelle, la jolie gonzesse top mimi, les nichons sublimes, les fesses poétiques. Faut voir Stan ! Bourré comme un champion, il s'enflamme pour les pépées et il essaie d'attraper les odeurs de leurs fesses. Son regard est indécent. Ses yeux deviennent mauvais. Sa mâchoire se contracte. Sa langue, style lézard, fourche entre ses dents du bonheur.

Ce comportement devient gênant pour les filles. Elles semblent dégoûtées par un regard qui promet un viol.

Une fille, avec plus de couilles que de beauté, a interpellé Stan si c'était quelque chose normal selon lui de mater comme ça. « La moitié de la boite veut appeler les flics, l'autre te casser la gueule ! ». Stan m'a regardé et il a eu un air embêté et il a répondu à la fille, il l'a fait en murmurant :

- En tout cas, toi, je te ferais aucun mal…

Il est marrant Stan. J'ai dit à la fille t'inquiète pas mon copain est soul mais il n'est pas méchant. Puis j'ai dit à Stan « Elle a raison. On dirait une bête. Même à moi tu me fais peur. Ce n'est pas normal de fixer de cette façon. C'est même plus mater. C'est de la chasse avec la syphilis dans les yeux… »

« Je suis amoureux », dit la Biche dans une voix distordue d'alcool et de MDMA, toujours sans bouger, comme une bestiole enragée.

« Amoureux ? » je m'exclame très étonné. « Mais de qui ? »

« De la fille là-bas », exprime sa voix qui était un mélange d'hélium et de cancer de la thyroïde.

« Laquelle ? »

« Celle qui est contre le poteau, avec son visage de glace. »

« T'es certain ? »

« Oui. Je mange ça. »

« Non ? »

« Si, je mange. Je la tue. »

« Si cette histoire vaut le coup. »

« J'y vais. »

Stan n'a pas tort, cette fille est jolie. Elle se distingue dans la foule. Seule, elle parle à personne, ce qui est un bon point, une rebelle. Une rebelle qui surnage dans ce paysage de faux-culs de la TV et de la mode et de la pub. Elle paraît comme intouchable. Incontestablement de haute naissance, son port altier et ses traits fins composent un visage racé, presque coupant. Sa peau hâlée ajoute en sensualité. Ses yeux verts sont aussi rêveurs que cyniques. Grande et élancée. Une héroïne de roman naturaliste perdue au beau milieu de la société huppée terriblement vulgaire. Stan décide de tenter sa chance. Je le suis à raisonnable distance pour écouter la conversation.

Quand il l'aborde, disant « tu penses à quelque chose d'important, toi ! », elle se montre pas hostile. Bien au contraire. Ils se mettent à discuter. De géographie. De Paris. Ils détestent Paris parce qu'ils se sentent férocement coincés dans cette putain de ville. Cette ville n'est pas propice aux esprits libres et aux vagabonds sans le sou. Étonnamment, Stan se montre brillant « Ils ont tué le rêve dans les rues de Paris, et ça fait déjà un bon moment. Beaucoup de gens... Beaucoup de gens pensent que Paris c'est encore les années 30', quand les Américains venaient y vivre la bohème, mais c'est tellement plus le cas. C'est devenu la fraude Paris. Tout est si carré. La culture, l'art, la littérature, sont des choses captées par une intelligentsia pusillanime qui fonctionne en vase clos et se branle sur ses tracas existentiels de ploucs parvenus qui ne savent pas où ils vont et ignorent de quoi ils peuvent parler. Donc ils inventent des formes et des contenus de plus en plus abstraits et ils déclarent que la société moderne n'ayant plus aucune logique, leur production aura encore moins de sens. »

Elle rigole à cette analyse. Ça se passe vraiment bien et je suis surpris. Je pensais Stan tout à fait incapable de conduire une conversation cohérente.

- J'aime bien ta vision des choses, elle lui dit.

- Et encore, ce n'est qu'une partie. Je connais plein de gens dans les milieux de « l'art » ou du « cinéma » ou des « médias ». Ils sont tous pareils. Ils se pensent originaux. Ils sont comme tout le monde. Mon cul leurs différences, ils bouffent et ils chient comme tout le monde. Ils viennent dans ce genre de bar pour montrer leurs gueules enfarinées. Pourquoi ? C'est simple. Ils s'emmerdent prodigieusement. Ils pigent rien à ce qu'ils font, à ce qu'ils produisent, à ce qu'ils créent. Ils se détestent. Ils se défoncent parce qu'ils se détestent. Regarde les tronches autour de nous. Ils sont très moches quand même. Mon père disait qu'on a la gueule qu'on se fait. C'est la preuve ! Ils sont moches parce que ce sont des connards gigantesques ! »

Elle a encore souri. C'est le genre de discours un peu nihiliste qu'elle apprécie. Au final, cette fille ne semble pas très intelligente ou spéciale (plus de look que de neurones) mais son humeur s'incline actuellement pour les esprits dérangés. Ce que Stan est. Il l'est et il l'est de façon rationnelle et ça me surprend parce que ce type de discours, je ne l'ai jamais beaucoup entendu sortir de sa bouche. Certes, il s'intéresse un peu au monde des médias ou de l'art, mais de loin. Je ne crois pas que son diagnostic se base sur une quelconque expérience vécue. C'est plutôt de la drague de circonstance.

Ils s'entendent maintenant super bien, et elle lui caresse l'épaule de temps en temps. La drague marche nickel. Quand soudain, la machine s'enraye. J'ignore quelle mouche le pique. Sûrement la testostérone qui finit par prendre le dessus, et même plus que ça. Subitement, il propose à la meuf une démonstration sur les esprits libres.
C'est alléchant. Sauf que, petit problème, ces esprits libres c'est pas du Sartre ou du Houellebecq. Non, ces esprits libres sont matérialistes. Ils ont besoin du corps pour atteindre tout leur potentiel. Ok, bizarre mais ok. Ça reste bancable. Puis, j'ai perdu le fil. La jeune femme aussi. Stan précise que l'esprit libre est un corps qui s'épanouit dans l'agressivité. La violence est nécessaire dans l'acte d'amour. « Vois-tu, les plus belles sensations sont rendues possibles par la brutalité la plus noire. L'abandon est nécessaire dans l'acte d'amour. Il faut se faire mal. Sans agression, l'amour sert à rien. Faut qu'il soit chacal ! Un amour brutal, féroce, ulcéré. Il faut taper dans le corps. Il faut qu'il explose dans l'étreinte et rende son jus, que la violence dégouline de sueur jusqu'à ce que les corps se dissocient des esprits et qu'on ne sache plus où on habite. Tu veux savoir ? Tu veux savoir ? Tu veux savoir de quels lieux je parle… » La jeune femme, non, veut pas savoir, elle s'échappe, glisse. Stan essaye de rester au contact. Mais c'est plié et je l'ai compris dans les yeux de la belle gosse. C'est au revoir. Mon pote tente une dernière coquetterie : « ma poupée voyons… euh… Je suis un peu loufoque mais je te jure que ton visage… euh… est le plus charmant visage du monde et je m'y connais en visage… Comme t'es belle… euh… t'es vraiment chouette » Des trucs du genre. La fille est à deux doigts de s'en référer au vigile.
Alors Stan se retourne vers moi et il a un air triomphant : « Voilà une application concrète de la tactique de la mouette suicidaire ! »
Je ne suis pas certain que cette théorie sera un jour enseignée aux petites têtes blondes. Mais qui sait ?

Pièce N°12

je commence à devenir cloche avec ces congés forcés. ça fait dix jours depuis la sortie de l'hôpital. Eh ben je m'ennuie total. De plus, les doses de morphine diminuent et la vie devient fade comme une chanson de Vincent Delerme. Je me fais chier carrément. Je mange du Twitter sur l'Iphone et on touche le fond moi et mes doigts qui swypent. Y a sûrement des tweets intéressants mais la majorité, c'est le vide total... Sur Twitter, y en a vraiment avec des cases en moins. Et la haine, partout, c'est fou comme les gens ont la rage, ça doit être la disparité bondissante entre les richesses ou l'arrivée des robots qui leur filent la nausée. Les gens sont débiles. Y a juste les comptes dédiés aux animaux qui me font sourire.

Twitter, c'est des gens très nerveux. Maintenant que la masse dispose d'un espace de libre expression en tout anonymat, ils oublient toute pudeur, ils gueulent des opinions, ils déterrent la hache de paix, ils rigolent pas. Ce sont des plus ou moins Police de la Pensée, accusateurs, enragés, des vautours d'appartement qui rôdent avec la bave aux lèvres, toujours susceptibles, jamais à court de vacheries, habités par une logique de gestapo, irresponsables – les patriotes sont très motivés, y en a pour tous les goûts, les nostalgiques de la grandeur nationale, les amoureux du terroir, les pourfendeurs des bobo-gaucho-coco, les experts des flux migratoires, les islamophobes hystériques, les spécialistes des fake news; ils ont une mission, c'est leur raison de vivre, ils doivent convertir, leur obsession la plus totale, embrigader, ils sont assoiffés de reconnaissance, ils bloquent leurs trois neurones et demi sur des sujets sociétaux bien polémiques (islam, migrants, aides sociales...) puis ils lâchent les clébards, ils fulminent derrière leurs ordis, ils connaissent plus aucune politesse, à l'assaut ! l'actualité d'abord, se mettre en jambes, combien de syriens et de sénégalais ont accosté en Grèce ou en Italie, des photos ? super, « non mais regardez-moi ces rats », ils perdent connaissance, leurs tweets sont des dégueulis et des mugissements, ils salopent des conversations ; et y a les gauchistes humanistes progressistes égalitaristes anti-racistes, ils sont aussi fêlés et mauvais, ils sont choqués par tout, ils s'étranglent derrière leur clavier, ils appellent à la révolution mais ils savent pas quelle révolution, ils exigent de du respect et de l'amour mais bon. Mais bon.

Je sais pas quoi foutre de mes journées, je pense à mon enquête sur ma dernière soirée bien sûr. Ma dernière soirée… Ma mémoire est vraiment une pauvre petite pute. Le cerveau humain est un piège. Ma mémoire est une pute et je dois attendre avant d'en voir la teuch. Là, elle a toujours pas encore enlevé le bouton de sa chemise…

ah et je me gave de croissants, j'adore les croissants. C'est bon les croissants, c'est gras mais c'est bon.

La seule chose de certaine à cette heure, pour moi futur papa et être biologique qui peut crever d'un anévrisme ou d'une crise cardiaque, c'est que je dois pas déconner. Vous savez, ce que dit le diable, la bête des drogues, ouvrir une bière, puis d'autres bières, puis retrouver es copains et puis rentrer à pas d'heures avec de la coke et de l'acide sous les lèvres… Je reste sage. Je vais être papa. C'est la merde absolue.

Trois jours passent, je mène une vie de moine, je pète peu à peu les plombs. Il me faut de la compagnie, je vais virer cinglé si je sors pas un peu. J'ai besoin de sortir de l'appart.

Devant absolument éviter les loustics, les serpents et tous ceux qui réveillent mes mauvais penchants, je fais l'inventaire de mes relations les plus conventionnelles. Y en a aucune. J'ai comme une envie de revoir Thomas. Mon pote d'enfance ! L'écrivain ! Toutes ces années, je l'ai salement esquivé. Il est gonflant. Thomas est devenu un intello à la noix, il jacte comme une chronique de Télérama et il vit encore et toujours avec le fric de papa maman. ça me gonfle prodigieusement de causer avec des types en dehors de la vie, j'ai trop besoin de réel, c'est parce que j'ai traîné avec des gens sur coussin d'air que je suis tombé dans la drogue et l'alcool, encore une justification connasse mais rien n'est de ma faute, jamais fils de pute.

Ce soir, affreusement abruti par des films sur Netflix, je propose à Thomas un verre. Accord immédiat. Je préviens Margaret. Elle n'accueille pas favorablement la nouvelle, je fais des tas de promesses. Dans un bistrot rue des Petites Écuries, il a ses habitudes dans le quartier et je le retrouve, même si je me fade une quinzaine de stations de métro. Le lieu convient à merveille. Mon espoir, après quelques coups (je resterai à l'eau gazeuse) des gens viendront le saluer et l'un d'entre eux mobilisera toute son attention, ce qui justifiera de prendre congé.

De retour de San Francisco, où il a passé 14 mois à rédiger des biographies de célèbres peintres américains du XXème siècle, Thomas est épouvanté par l'ambiance sinistre qui règne en France.

- Là-bas, il y a une énergie, il dit, les gens sont optimistes, ils osent, ils ont la pêche, ils s'engagent en permanence dans des projets ! Pas étonnant qu'ils soient aussi riches !

- Ouais, un peuple jeune, ambitieux, couillu, tout ça...

- Ça y est, le blasé parisien, il se moque de moi le con, la société est foutue, l'avenir pire que les plus terrifiantes prévisions, à quoi bon construire puisque demain sera juste un chaos total !

- Pas du tout, mon con. Pense ce que tu veux ! J'en ai juste marre des sérénades sur les américains. Ah, leurs dents blanches, leurs corps d'athlètes, leurs sens du business... C'est loin d'être ma tasse de thé tout ça, c'est même l'inverse. Ils me dépriment tellement ils sont parfaits.

Thomas a enroulé sa main dans sa tignasse brune. Il a fait un signe au serveur puis s'est penché vers moi.

- En tout cas, je déprime ici à Paris. Ça fait trois semaines que je suis rentré en France, c'est consternant ! Quasiment tous les amis se sont rangés, un boulot, une femme, des enfants. Ils sont sérieux, ils sont mollassons. Après un quart d'heure à discuter, t'as envie de les flinguer et de retourner le pistolet contre ta tempe. Tu rends service, leurs existences sont sordides. Jeunes pourtant, ils avaient du style, de la superbe. Aujourd'hui, plus rien, rien du tout.

Le serveur a pris notre commande. Un whisky sour pour lui, moi Badoit ou Vittel de pédé de meeeeerde.

- Les bons écrivains roulent au whisky sour, il dit.

Oui, voilà, j'ai traîné à le dire, c'est donc le moment, après avoir été un bon gars pendant l'adolescence où on a fait des bons coups ensemble, il a tourné tapette dans les grandes largeurs : Thomas est écrivain. Il a déjà publié deux romans, aux éditions Grasset. Assez médiocres selon Télérama et Libération ce qui est plutôt une bonne chose mais tous les autres magazines ont eu le même diagnostic ce qui signifie que c'est vraiment de la merde. Les librairies non plus n'ont pas aimé, il y eut à peine 2 000 exemplaires vendus. Ah, le vilain coup sur l'orgueil, on hurle dans ton oreille que t'as aucun talent faut se relever après ! Ces deux échecs successifs ont plongé Thomas dans une solide dépression. Complètement désespéré, il s'est cloîtré chez lui pour dormir et chialer. Dix jours à ce rythme et son père l'a conduit de force chez un psychiatre. Le plan parfait. L'écrivain raté a adoré. Raconter sa vie, étaler ses sentiments, exprimer ses doutes... Il a exigé une séance par jour. Tous les matins, deux heures délicieuses à être le centre du monde, à tout raconter sans filtre. Comment avait-il pu s'en passer ? Quel bonheur ! Quand il quitte le psychiatre, son humeur est prodigieuse, il marche jusqu'à chez lui, le cœur léger, le sourire aux lèvres. Les démons reviennent en milieu d'après-midi. A la nuit tombée, le voilà nerveux et abattu, ses paupières claquent à toute allure, des guêpes envahissent son crâne, il veut se flinguer et rien d'autre. Qu'en pense le docteur ? Des anxiolytiques, prescrit-il le lendemain.

Thomas est un écrivain raté pathétique rongé par les anxiolytiques. Ce sont des bonbons pour lui. Son visage a un teint cireux, ses yeux luisent d'un marron fade, ses joues creusées forment une équerre du nez à l'oreille jusqu'à la mâchoire. Ces médicaments le butent et à une cadence plutôt élevée. Depuis qu'il est revenu des États-Unis, des tas de gens lui ont conseillé de consulter un autre médecin. Ses parents en ont pleuré. Il aime ses bonbons, il les gobe.

- Je m'en fiche. Ils ne comprennent pas. C'est pourtant simple. Grâce à mes petites pilules, je suis enfin moi-même, je suis un écrivain.

- Et avant ? T'as publié deux bouquins ! Tu débloques !

- Avant, je voulais être écrivain. J'ai mis du cœur à l'ouvrage, j'ai bossé, j'ai sué, j'ai imité d'autres écrivains, jusqu'à donner naissance à ces deux romans. Deux romans qui ne valent pas un clou...

- Et aujourd'hui ? Tu écris... ? Comment ? Je comprends pas...

- Avec mes tripes, avec mon cœur, voilà comment j'écris, comme si demain n'existait pas.
- Et c'est un roman, une chronique sociale ?
- Mon œuvre ne correspond à aucun genre existant. C'est un mélange de chants, d'idées et d'anecdotes autour des villes que j'ai visitées. Devant mon ordinateur, je rentre en transe. Là, je revois ces villes, je les sens, je les caresse, je touche leur intimité. Dès qu'elles n'ont plus de secret pour moi, je leur donne vie, je les jette sur le papier exactement comme elles sont dans la réalité, des sources inépuisables de flux, de bruits et d'émotions…

Putain, tout un projet… J'écoute plus. Jamais rien entendu d'aussi con. Voilà pourquoi je voulais pas faire la causette avec Thomas, des amis en commun m'avaient prévenu. Il finit toujours par délirer. Vers les 20 piges, il a basculé dans l'égocentrisme le plus total. Sa pomme, juste sa pomme. Il est devenu snob. Seul lui est véritablement intéressant. Dès lors, tout interlocuteur devient un pot à remplir d'anecdotes et d'opinions. Thomas peut tenir le crachoir pendant des heures, sans s'arrêter, sans même boire dans son whisky sour. Toute tentative pour dévier la conversation se solde par un échec. Si, par exemple, j'évoque mes relations merdiques avec mon patron, Thomas y coupe court dans la minute. Sans m'écouter, il se focalise sur ma voix et bondit sur ma première reprise de souffle avec un « incroyable, moi aussi, il m'est arrivé un truc avec mon patron dans la maison d'édition… » On a envie de lui rendre la pareille. Forcément. Mais il parle trop vite. Il débite les mots à un rythme dément. C'est une claque impossible à éviter. On espère une respiration. En vain.
- Au fait, tu sais que je pionce chez Martin en ce moment. Ça fait trois jours. Avant, je créchais chez mes parents. Ils m'ont gonflé avec mes médicaments… Ils me disent d'arrêter. J'en ai besoin.
Je n'écoute pas ces conneries. Je reste courtois environ une heure. Une heure. C'est tout. Je prends alors mon téléphone et consulte les actus, Twitter, le foot, les échecs… Je le fais sans me cacher, j'écoute plus ses logorrhées. Je rentre gentiment à la maison, un peu avant minuit. Margaret est surprise que je revienne aussi tôt sans m'écrouler sur le parquet et vomir à droite et à gauche. Je grandis. Je vais être papa.

Pièce N°13

Marrante cette sortie avec Thomas. Mais le lendemain c'est rebelote. Seul à la maison j'ai du temps pour emmerder le passé. Façon révisionniste qui se prélasse dans la Shoah, je plonge les doigts dans la merde qu'est ma mémoire. Vous savez, cette mémoire pute qui se déroule à l'envers, je compte bien la dérouler pour identifier ma dernière soirée. On aura la vérité, comme ça…

On en est où, là ?

On en est au début de la vie active, je suis le flow, gros.

Je finis ma première année en CDI chez Altarys, comme responsable administratif et financier.

Je suis installé avec Margaret dans un trois pièces et la routine continue de faire des bobos à notre couple.

Ça déconne surtout parce que je fais des virées nocturnes et que je me drogue avec Stan et on respecte rien sinon notre bon plaisir. On respecte rien ? C'est déjà du respect pour Boris Vian, Serge Gainsbourg, Jean Genet, Charles Bukowski et mon chat.

Avec Margaret, les choses se passent mal. Elle me soupçonne de baiser des filles. Toutes ces nuits où je rentre tard et que j'explique par des balades bucoliques avec Stan, elle arrête d'y croire, vocifère que je la prends pour une débile et exige la vérité, tout de suite sinon elle me quitte. Tentatives vaines. Droit dans mes bottes, je lâche quedalle, je maintiens les versions, toutes les versions, je la baratine férocement avec des informations complètes et précises sur les bars fréquentés, les rues et les boulevards par lesquels on est passés, et bien sûr les conversations que Stan ou moi avons eues avec des étrangers et de vagues connaissances. Face à la rigueur de mes rapports, elle finit par abdiquer et implore mon silence. Dans ces moments, pas si fier que ça de la façon dont je me suis tiré d'affaire, je suis incapable de savoir ce que pense Margaret. Valide-t-elle mes histoires car nul ne saurait affabuler dans de telles proportions, ou se résigne-t-elle à être cocue jusqu'à ce qu'elle ait la force de me quitter ?

Ces temps sont agités. J'accélère les conneries. Un démon me chatouille, et il me chatouille en permanence, il me presse de faire la fête et de connaître les ivresses les plus scandaleuses. Je lui obéis, et je sors généralement un soir sur deux, je passe des nuits sauvages et je ne me refuse aucun excès. Le sommeil me fait cruellement défaut. Malgré deux pauvres heures assoupies dans le canapé, je me lève pour aller au boulot et fais mes journées.

Au café Saint-Paul, à Montmartre. Un jeudi soir. On retrouve deux jeunes couples lyonnais, les Moulet et les Coumort, des amis que je me suis fait lors de mon passage dans les cabinets d'audit. Ça se retrouve autour d'une bouteille de vin. Romain a choisi un Gigondas, ce vin leur rappelle à tous leur enfance, leur très chère région du Rhône. Ces personnes vont toutes vers la trentaine, préparent des enfants, ont des statuts de cadre, tolèrent Paris, prévoient bientôt de retourner à Lyon afin de nicher pépère et de faire du vélo le dimanche matin.

Après avoir négligemment posé une question sur le job de designer de Margaret, Romain Moulet enchaîne sur son obsession du moment : l'achat immobilier. Sa recherche d'appartement à Paris tourne au cauchemar. Il traque les petites annonces depuis près de trois mois, rien de concluant, juste des immenses frustrations et un temps perdu ahurissant. Sa femme, Mathilde, ne s'implique pas car enceinte de quatre mois. C'est donc lui et lui seul qui est au front, au moins deux visites par semaine pendant les déjeuners et au moins trois en soirée. Il s'est rendu compte que les photos ne permettent jamais de se faire une opinion (bah oui, merde, quelqu'un a fait planter Fixette, c'était une start-up de OUF) ; un appart peut être super alors que les photos donnaient envie de pleurer, l'inverse aussi étant vrai.

A bientôt 30 ans, Romain Moulet estime que c'est l'âge pour effectuer son premier achat immobilier. La plupart de ses amis et connaissances sont déjà propriétaires. Il est à la traîne, c'est un sentiment désagréable, c'est presqu'humiliant. En plus, le bébé arrive. Si, à la naissance, ils habitent toujours le F2 à Bastille, ce serait une catastrophe ! Où mettre le petit ? Leur chambre à coucher est toute petite, et le salon signifierait la fin de toute vie sociale. Plus possible d'inviter les copains, et bientôt les copains qui ne vous invitent plus. Donc Romain Moulet se démène pour trouver un appart de 60 à 80m2 avec un budget oscillant entre 500 et 550 000€. Hélas, ces biens ne pullulent pas dans les quartiers ciblés, le 18ème, le 9ème et le 11ème. Quand, par chance, il dégote une « pépite », une féroce compétition s'installe entre plusieurs acheteurs qui ont le couteau entre les dents et n'hésitent pas à surenchérir pour rafler la mise.

- Trop, c'est trop ! J'ai décidé de mandater un agent immobilier.

- Passer par un agent ? C'est bizarre. Vous ne trouvez rien sur SeLoger ou AvendreAlouer ?

- Oui... et non. On l'a fait pendant plusieurs mois. Le problème est que la plupart des annonces ne correspondent pas à la réalité et tu te déplaces pour rien. Comme si les agents immobiliers faisaient la compétition du plus grand nombre de visiteurs attirés.

- Donc, tu vas mandater un agent. Ça va limiter les pistes, non ?

- Non, justement. Ce n'est pas un agent travaillant dans une agence ou un groupe immobilier. C'est un indépendant qui se balade partout sur le marché... Il est au courant des mises en vente avant toute publication de l'annonce sur Internet. Il m'a déjà montré des apparts très chouettes.

- Mais ça veut dire que s'il te trouve quelque chose, tu dois payer aussi sa commission, en plus de l'agence ?

- Oui, effectivement.

- Combien ?

- 5%.

- Ça fait cher au final.

- Oui mais je t'assure que ce qu'il nous a montré jusque-là.... Franchement, c'est le genre de biens auxquels seuls les professionnels ont accès et qu'ils réservent à une clientèle choisie.

Un petit silence gêné attrape la table. Lorraine Coumort relance :

- Ne soyez donc pas mystérieux. Que vous a montré ce dénicheur de trésors ?

- D'abord, un super appart de 80m2 dans le 11ème arrondissement. Juste à côté du commissariat, dans une contre-allée adorable. Tu rentres dans l'immeuble et la cour est arborée. Il y a du lierre qui grimpe sur les murs, et aussi des fougères et des sortes de palmiers. Tu te sens presque en Andalousie. L'appart, lui, est plutôt bizarre, enfin atypique. On est sur des pièces à grand volume. Un large salon avec cuisine américaine, une très grande chambre avec une baignoire plantée dans un coin, au passage sans mur ni rien pour séparer donc tu vois quand l'autre se lave les fesses, puis une dernière chambre au fond d'un couloir, celle-là plus petite mais mignonne et lumineuse.

- Attends, la baignoire. Tu te laves devant l'autre ?

- Exactement !

- Qui occupait cet appart avant ?

- Je ne sais pas.

- Moi j'aurais demandé.

Romain Moulet se gratte la tête.

- Ça ressemble bien à un délire d'homos, non ?

- Ouais, peut-être, répond Lorraine distraitement.

- Même concept pour les toilettes ? se marre Arthur Coumor.

- Ah, t'es con. En tout cas, c'est ce qui nous a dissuadé. Y a trop de travaux et d'ajustements à faire pour qu'on s'y sente vraiment bien.

- Combien ?

- 720 000 boules quand même !

- Ah ouais… Ils se font pas chier pour du 11ème arrondissement !

Arthur Coumor finit sa pinte et en commande une seconde.

- Tu me suis, Gustav ?

- Oui, commande, l'ami. J'aurai fini cette petite d'ici là.

Épuisée par sa journée de boulot, Margaret a du mal à entrer dans la conversation. Elle essaie de se faire violence, de rigoler, de répondre, de commenter, mais elle est toujours un peu à côté de la plaque. Elle devrait peut-être prendre un café. Pourtant, si elle en commandait un, on la trouverait certainement ridicule, donc non. Elle déteste être molle en présence d'amis. Elle a peur de passer pour une fille chiante et qu'on la critique derrière son dos : on parlerait d'abord de son air las et de son visage de plus en plus acnéique.

- Tu penses à quoi, chérie ? je lui demande en aparté.
- Un truc au boulot… Rien de grave !
- On parlait du week-end de l'Ascension, et ça m'étonnerait que tu n'aies pas un petit plan dans les tuyaux.
- Plus qu'un plan. On a le week-end dans ma maison de campagne, avec Joséphine, Martin…
- Mince, j'avais complètement zappé. Donc c'est confirmé ? Je croyais qu'on devait décliner.
- Non, Gustav, on en a discuté. C'est fait.
- Oh la la, je vais encore finir sur les rotules. J'en suis lessivé d'avance.
- Tu pourras essayer de ne pas trop boire ?
Je pouffe. J'attrape la pinte fièrement. Je regarde les gens autour de la table. Je souris. Je vide la moitié du verre.
- Boire me permet de survivre.
Elle rigole pas. Je dis rien de plus.
On se tourne vers le groupe. Chacun lappe une mince gorgée dans son verre.
- Et vous savez quoi,… commence Mathilde.

Pièce N°14

Le week-end qui suit, encore de l'obligation sociale. Ça me gonfle…

Les dîners, même avec les bons potes, ça peut vite être rasoir. Les conversations sociales deviennent des imbroglios terrifiants où t'as envie de buter ta grand-mère tellement tu piges rien à la conversation. Une fois que les gens sont ensemble, ils deviennent comme des animaux, ils bavent des conneries insignifiantes pour que le temps passe.

Heureusement j'ai trouvé la parade et vous la connaissez. Le secret, c'est de prévoir beaucoup d'alcool. Des tonnes d'alcool. Tu vides le caviste et c'est parti. Surtout quand le dîner devient un week-end à la campagne. Là, ne sois pas à court d'alcool, connard de petit organisateur de merde…

Je suis cynique ? Peut-être… On peut se dire « ce mec n'aime pas ses amis, c'est un faux-cul, c'est un mauvais camarade. À éviter ! ». Faux ! J'aime bien mes potes, c'est juste mon expérience qui parle. J'ai connu trop de soirées moroses, des soirées potineuses où ça boit du bout des lèvres, où ça ose rien dire, où ça compte les minutes, où ça se marre à peine. L'enfer sur terre ! Pas de ça chez moi.

Pour ce week-end dans la maison de campagne de Margaret, elle a convié deux couples dont elle est assez proche. Le premier cercle. Si ma femme s'est collée derrière les fourneaux, moi j'ai fait des misères dans la cave, j'ai remonté au moins une vingtaine de bouteilles de champagne, vin blanc, vin rouge… Et de la boisson de qualité.

On commence avec l'apéro dehors, dans un vent frais.

La table bleue en fonte est éclairée par les derniers rayons du soleil. Les femmes portent des petites laines, les mecs sont

en polo. Ça commence par du champagne, un Laurent Perrier brut, miam. D'une conversation globale ça dérive en causettes de genre, les femmes papotent sur les désirs d'enfants et les vacances d'été, les mecs sur l'investissement immobilier et le foot.
La nuit est jeune, mais je suis parfaitement intransigeant. Les verres doivent être pleins, toujours pleins. Je ne laisse respirer personne, je pense allez, du nerf, levez le coude ! La bouteille devant moi, jamais vide, prête à baver, généreuse comme pas croyable. Bien sûr, les femmes sont les premières à repousser mes assauts, une main autoritaire entre le verre et la bouteille, un « non merci » sec. Heureusement les mecs, mes potes, aucun risque de se défiler. Ils ne s'économisent pas « oh mais j'attends le dîner, puis le digestif ». Quand ton godet se remplit, faut y tremper les lèvres. Faire honneur aux grappes de raisins. Vider le liquide, recommencer. Jusqu'à écroulement.

En plus du champagne, j'ai servi deux tournées de mojitos bien serrés. Seuls les mecs ont joué le jeu, les femmes ont simplement dorloté leurs coupes de champagne et j'ai pensé c'est honteux , elles font vraiment chier les femmes. Elles gueulent contre les salafistes qui foutent des voiles mais elles sont pas loin bordel. Chiasse !

Elles préfèrent causer. Magali raconte comment son môme de 18 mois est obsédé par les aspirateurs et les balais. C'est inintéressant.

Les cocktails nous donnent un coup de fouet. Le sucre excite nos nerfs, ça nous rend gais, chambreurs. Tout le monde tape sur les chips et amuse-gueules.

Sur les coups de 9 heures, je siffle ma femme pour lancer les plats et on dresse la table. Un bon pote, Arthur (pote de ma copine à l'origine mais je m'entends bien avec lui, on a fait de bonnes soirées ensemble) nous aide.

La brandade de morue en mode grill, on ouvre une bouteille de blanc, on gobe des crevettes grises.

Un peu avant 10h, les gens passent à table.

Une moitié, les hommes surtout, on est déjà bien ivre. Les conversations sont légères, elles éclatent un peu partout, elles ne durent pas. Entre les huîtres et les crabes, trois bouteilles de Chablis sont dégommées en à peine 15 minutes. Puis, le poulet aux pleurotes, accompagné de riz gluant. Des Château Talbot apparaissent sur la table. C'est l'enthousiasme. Plus soif que faim.

- C'est une bonne année 2008 pour le Talbot, n'est-ce pas ? demande Martin.

- Si l'on se fie aux prix, sans aucun doute.

Une tarte au citron pour dessert, je sors le champagne. Une coupe chacun. Les femmes en raffolent, elles sont mieux servies. Les hommes ne sont pas jaloux, ils lorgnent du côté des digestifs. Ne pas faire languir.

- Calva, j'annonce. Et fait maison.

- Le pioupiou, le pioupiou, scande Arthur qui connait son patois en matière d'alcool.

- Ce sont les pommes du jardin ? coupe Amélie.

- Exactement. Et juste des pommes. Fermentées puis bouillies. Sans sucre ajouté.

Je suis fier de ce calva. L'alcool artisanal, s'il est bien préparé, ne peut être qu'une merveille. Ce calva flirte avec les 65°. De la dynamite, hein ? Il se boit nickel, y a une légère pointe dans la gorge mais il ne serre pas la glotte, il n'écœure pas, il ne tord pas le bide. Le breuvage fait l'unanimité. Les godets se vident, se remplissent. On finit par sortir de table. On va au salon. Ma femme met du rock sur la sono. Deux couples dansent, pas longtemps. Les femmes vont se coucher. Entre couilles, on passe au whisky, sec. L'ivresse est sur toutes les langues. Ça bafouille, ça crie, ça se cherche. Martin va gerber dehors, et prend congé. D'autres l'imitent, pas forcément dans le même ordre. Il ne reste plus que Arthur et moi.

Et ça tombe bien, nous sommes de bons potes et ça faisait longtemps qu'on avait pas passé un moment tous les deux. Depuis que nous menons des vies d'adultes responsables, nous n'avons pas le temps. Impossible de faire sans nos femmes ou les amis. Ce tête à tête à 3 heures du mat' tombe à point nommé. Un vendredi soir en Normandie, dans une grande maison, la possibilité d'être bruyant sans voisins pour faire chier, pas d'obligation de regagner sa petite famille… Il est 3 plombes du mat' mais nous sommes encore en forme. Arthur et moi avons l'ivresse électrique. C'est un talent rare. L'alcool et la nuit ne nous ramollissent pas. Bien au contraire, elles créent des étincelles. Nous posons de la musique, Eminem et du rock anglais. Nous dansons, nous sommes bouillants. C'est là que j'ai une idée. Prendre le cabriolet Mazda et aller voir la mer. Moins de trente minutes, en passant par des petites routes que les flics ne surveillent pas.

- Elle marche bien cette bagnole ?

- Du feu !

- Mais c'est une vieille bique, putain ? De quelle année déjà ?

- 1991.

- Oh la la...

- Elle a des enceintes qui crachent, l'ancien proprio a pas lésiné sur les baffles... Viens, allez ! Réfléchis pas.

Il a quand même réfléchi. Et il a dit OK en précisant qu'il me tabasse si on a le moindre petit accident. J'ai attrapé les clés et un manteau. On a bondi dehors, il a ouvert le portail, j'ai ouvert la capote, il a mis un CD des Doors, j'ai mis le contact. Boom, parti, on a dérapé sur les graviers, on a abordé la première route à vive allure. Cette bagnole, la Mazda MX5, c'est un peu la Porsche du pauvre. Son look de barquette à framboises casse aucune brique. Certains disent que c'est une voiture pour garçons-coiffeurs. Moi, je me fous des apparences.

Derrière le volant, c'est un petit bijou. On est collés à la route, comme dans un kart. On sent les aspérités du bitume, créant une petite sensation de danger terriblement excitante. Sa réactivité est impeccable. Ses pédales sont souples. Elle est aussi très légère, même pas 600 kilos pour 120 chevaux dans le moteur. Des attributs à donner envie de pousser à fond l'accélérateur, histoire de frissonner un bon coup et se sentir vulnérable l'espace de quelques secondes, perdre le contrôle... Rien de tout ça lors des premiers kilomètres de notre escapade nocturne. J'ai pas la virtuosité du pilote. Je vois en double, je réagis lentement, je zigzague sur les lignes droites.

Heureusement, Arthur fait pas attention, il chante les Doors à tue-tête. Au bout de 20 minutes et trois clopes, je reprends les choses en main. La route du littoral est un vrai spaghetti qui longe les falaises de la côte d'Albâtre. Des tas de pauvres gens ont connu des sorties de route avec dégringolade pendant 50 mètres pour tomber pile sur les rochers. A une allure tout à fait modeste, je nous fais arriver à la plage des

Tilleuls. Nous sommes évidemment seuls. Pieds nus, les galets nous font un mal de chien. On met les pieds dans l'eau. La lune a des reflets sur l'eau, des cercles blancs dont la surface est troublée par l'onde. On aperçoit aussi des phares de bateaux. Nos regards s'attardent là où finissent l'océan et le ciel, deux forces désormais fusionnées en une seule petite ligne.

- Je vais me baigner...

Arthur me regarde me déshabiller, il bouge pas, il refuse.

- Pourquoi ?

- C'est dangereux, ici. Les vagues t'aspirent et t'empêchent de remonter, t'es capturé dans le rouleau et t'as pas le temps de remonter. Y a des morts comme ça chaque année en Normandie.

- Mais quel putain de chat noir ! Viens, espèce de trouille !

- Regarde les vagues, mon pote. C'est agité, là. Oublie direct ! C'est une connerie !

- Ferme-la...

- Compte pas sur moi pour te sauver.

En caleçon, dans un vent froid qui claque sur la peau, je vais pas me dégonfler, j'ai envie que de ça. Un plongeon et des brasses dans cette eau d'encre. J'y vais en courant. Je bondis sur la première vague. Un coup de fouet au moment d'entrer puis la douceur de filer comme un poisson. Je barbote une dizaine de minutes.

De retour sur la plage, je m'assois à côté d'Arthur. Les galets nous rentrent dans le cul. Personne autour de nous, juste le cri des mouettes et les ressacs.

- Merveilleuse idée, il dit.

- Quoi ?

- Cette escapade... ça faisait un bail qu'on s'était pas retrouvés tous les deux. Ivres et imprudents.

- Oui, bien dit. On a la vie de papa. On a fait un choix.

- Tu regrettes ?

- Bah oui.

Pièce N°15

Soir de semaine. Margaret rentre du boulot et j'ai prévu un petit apéro.
On ouvre une bouteille de vin rouge. On célèbre son affiliation à la CAF, qui a coûté de nombreux formulaires, mails et appels, une vraie torture soviétique mais c'est pour notre bien.

Je me sers un verre. Première fois depuis l'hosto. Un mois et sept jours. Grrrr !

Les premières gorgées sont CARESSES. Sssss. Une excitation monte, elle est dans mes veines, comme si mon sang pétillait. Ça me perturbe. J'ai un problème avec l'alcool, je l'ai toujours. L'hosto, le delirium tremens, le bébé... Ça passe pas !

Le vin coule en moi et je n'écoute pas Margaret. Mes neurones font les walkyries, elles bondissent, elles ont la fièvre. Tout s'accélère. Un fauve dormait en moi et le vin l'a réveillé. J'effleure mon téléphone, entrevoit des possibilités, des options, des folies...
- Je te vois, dit Margaret. T'es entrain de partir... Lâche ce téléphone, putain.
- Hein ?
- Même pas un verre et voilà, ça recommence. Même pas un putain de verre ! Et pas la peine de t'offusquer, je sais. Je reconnais tes yeux, ces yeux lubriques. Ils brillent comme s'ils venaient de trouver un trésor. Tu es maudit, mon pauvre.
Quelle vitesse pour détecter les effets de l'alcool sur moi, je ne me souviens pas que Margaret ait jamais été aussi perspicace. Je suis scotché. A tel point que je saute la réplique sur comment elle commet une erreur de jugement et je la joue profil bas, je baisse les yeux, victime.
- J'aimerais t'y voir, cocotte. On peut pas s'en débarrasser comme ça, l'alcool, la drogue, ça prend du temps...

- M'appelles pas cocotte, déjà. Et n'essaie pas de me faire pitié.

- C'est pas ce que je veux, c'est un fait. Je dois me battre comme un chien, et jour après jour, pour pas retomber…

- Tu t'y es foutu seul dans ce pétrin. Tu en as toujours fait qu'à ta tête. Mille fois j'ai essayé de t'aider, tu t'en es toujours foutu. Et là, ça fait peut-être un mois que t'es sobre, mais je le sens pas. Je crois pas que tu puisses changer.

- Tu veux dire quoi ? Je fais des efforts, non ! Pas de défonce, le psychiatre…

Elle soupire violemment.

- Putain, t'es infernal, et tu t'en rends pas compte. T'es le putain de centre de l'attention, tout le temps. Je suis enceinte mais c'est Monsieur Gustav qu'il faut regarder, écouter, comprendre. Je te déteste de plus en plus. Tu sais comment je me vois, ma vie avec toi ? Je vois une existence qui sera un carnage sans nom. Aucun bonheur, aucun moment tranquille. Et encore, je ne parle pas de moi comme femme. Depuis si longtemps, tu ne me baises plus, tu ne me regardes pas. Par contre, tes historiques web et les textos sur ton téléphone, j'ai tout vu lorsque j'étais à l'hôpital. Tu me dégoûtes. Et, malgré tout ça, je suis là, je suis encore là, je suis vraiment trop conne. La pire des connes… »

Les yeux dans le vague, je me sens pisseux. Je ne sais pas quoi répondre. Je ne touche plus au vin, et elle allume la télévision.

La semaine suivante, je peux enfin retourner au boulot, chez Altarys. Je suis pas mécontent.

Mon employeur sait rien, il a juste reçu un courrier signalant mon hospitalisation. Jérôme, mon boss, a téléphoné à Margaret, mais ma chérie a pas été bavarde pour un sou, elle a lâché zéro information malgré l'insistance de l'interlocuteur ce pédé de patron. L'attitude de ma meuf, qu'on pourrait croire bienveillante, relève seulement de l'instinct, Margaret est de confession protestante, elle craint la parole de Dieu. Elle est donc incapable de mentir, mais ça ne constitue pas une raison suffisante pour se couvrir de honte en rendant public mes déboires d'ivrogne. Donc elle botte en touche, elle connait les gens et leurs passions des ragots, des malheurs des autres, la moindre petite info pouvant être amplifiée en quelques heures, et bientôt des tas d'amis et de relations proches se passent le mot que le principal hobbie de son mec consiste à se buter de vodka et d'acides. Les apparences comptent plus que tout, imaginez que Facebook ou Twitter s'empare du sujet, c'est une réputation ruinée pour au moins deux ans.

En sortant de l'ascenseur, mes collègues s'étonnent de me voir et demandent comment je vais, ils y vont avec des pincettes, ils scrutent ma face pour y déceler des signes d'une maladie sérieuse, ils brûlent de savoir mais n'osent pas les questions directes, je ne leur donne rien, je souris et marmonne des phrases anodines. A peine arrivé à mon bureau, mon patron me salue sur un ton jovial. Il a pas changé, c'est toujours un hypocrite crasseux dont les attitudes servent forcément un but, il n'est jamais naturel, spontané, il paye ses quinze ans dans l'univers vénéneux de la pub, il ne sait plus que vendre, vendre, vendre.
Promu patron il y a deux ans, il assume cette charge de deux façons : il flatte les clients et fout la pression sur ses employés.

- Bonjour, je dis, ça va ?
- Bien, et toi ? Tu viens boire un café dans mon bureau ?

Je le suis en traînant des pieds. Tous les yeux de l'open-space se braquent sur moi, ce silence qui veut tout dire, les collègues me déshabillent du regard comme si mon corps allait révéler les raisons de ma longue période d'absence. Je lève pas la tête, je rentre dans le bureau et m'assois paresseusement sur une chaise.

- Alors, Gustav ? Nous sommes contents de te revoir…
- Merci.
- Tout va bien ?
- Oui, oui…

Il attrape son Iphone et le repose aussitôt. S'il croit que je vais tout lui raconter, il se trompe, le code du travail protège la vie privée des salariés, j'ai le droit de garder le silence et Jérôme n'y peut rien, il se contentera des infos que je daignerai lui lâcher. Il risque une grosse déception, ma stratégie est claire depuis longtemps, je lui donnerai rien.

Bien sûr il tente, le ragot est dans ses gênes. Il veut connaître le nom de la maladie qui m'a collée à l'hosto pendant deux semaines. Et vu le ton doucereux, les phrases gentilles et pleines de compassion, je réalise que mon cas le turlupine sérieusement.

Esquivant les questions, je lui raconte surtout, et avec des détails laborieux, combien mes journées ont été chiantes, comment j'étais cloué dans le lit et je faisais pas grand-chose, même les films ou les livres m'ont dégoûté et je sombrais parfois dans un état végétatif, sans rien qui me traversait l'esprit.

- Oui, il fait, la convalescence est compliquée. Il faut aussi éviter de s'accoutumer aux antidouleurs. Beaucoup de gens deviennent accro comme ça. Après, tout dépend pourquoi on est soigné.

- C'est vrai. Mes médicaments n'étaient pas forcément très lourds, et le médecin a fait en sorte que je réduise les doses rapidement.

- Ah, très bien. Donc, tout va mieux ? Ce qui t'es arrivé est derrière toi ?

Je ne réponds pas. Je jette un coup d'œil par la fenêtre, feignant l'embarras.

- Je veux dire… Tu dois observer un traitement particulier, tu peux me dire si tu as besoin d'aménagements. Je suis là pour toi.

Oui, il est là pour moi, mais moi-même je suis pas là pour moi. La reprise est chiante. Dans les jours qui suivent, je reprends la vie d'avant. Le monologue du sobre. Les sandwichs au déjeuner et les relations stéréotypées avec les collègues. Rien qui me plaise. Je fais une petite partie de mon boulot mais j'y vais pas violent, Jérôme non plus ne me demande pas la lune, il croit certainement que j'ai chopé une maladie de navire anglais au 19ème siècle. Je fais rien qui lui fasse penser le contraire.

La reprise du boulot pouvait augurer de meilleurs jours. Rien du tout. Le soir, je rentre crevé et lassé. Avec Margaret, les dîners se passent mal. Elle me trouve chiant à mourir « au moins, quand tu étais soul, tu étais drôle… » Mais c'est pas une raison pour m'encourager à reprendre de la tétine, et sa plus grande angoisse c'est que je replonge. Elle anticipe la garce, elle me prévient « tu vas être papa. Tu ne peux plus déconner. » On parle du bébé à venir.

Quelle mauvaise idée ! J'ai vraiment une opinion pessimiste sur le futur du monde. Entre les robots partout et la pollution de toute nature, la civilisation promet pas d'être une chose superbe et on ne fait vraiment pas un cadeau à cette progéniture. Mon discours exaspère ma copine. Elle exige que je consulte un psychiatre car vraiment sa vie devient invivable à mes côtés. Je me demande comment elle a la force de me supporter, pourquoi elle s'est pas barrée depuis longtemps, ça me dépasse maintenant. Même moi je me serai barré.

TROISIÈME PARTIE

Pièce N°16

Toujours dans le passé, je ressasse, je travaille la mémoire pute je la couche, je la besogne et voilà.

Le week-end, je fais les obligations sociales avec Margaret. Mais la semaine, mon cul, je sors au moins un soir sur deux.

Quand je fais pas des soirées avec Stan, parce qu'il est en voyage d'affaires ou qu'il a des pétasses à tringler et donc je me retrouve sur le carreau avec une envie négative de faire dinette/causette/disputette avec Margaret, je vais dans un bar associatif où ça joue aux échecs. J'aime bien les échecs. C'est le seul jeu que je tolère. Je déteste le poker et le Colonel Moutarde parce ce sont des jeux de chance. Aux échecs, aucune chance, tu vois le jeu de ton adversaire, c'est de la stratégie pure.

Les échecs, c'est une communauté de losers. Des tronches de geek qui vivent souterrain, ils sont pas beaux, leurs peaux sont verdâtres et les dents gâtées, ils ont des rires comme des gens qui ont pas mis un pied dehors depuis 20 ans. Évidemment ils font peur aux petites filles.

Dans ce bar associatif, le président est Arnaud. Un grand barbu trentenaire. Avec des gestes précieux. Il ne m'aime pas. Il m'a déjà viré à plusieurs reprises car j'ai foutu le boxon dans l'ivresse et parce que j'avais perdu trop de parties.

Ce soir-là, je passe chez Alfred, mon dealer nègre qui me file de la cocaïne bien pure mon pote. Comment je suis en grosse forme pour jouer, paf pif paf, pik et pik ! Quand j'arrive, y a Maxime, le développeur web. Sage. C'est un mec calme et arrogant. Parce qu'il comprend le digital, il estime être quelqu'un d'important. Faut dire que les chasseurs de têtes lui font une cour incessante. Ouvrier du futur, le développeur web sera l'équivalent du tourneur-fraiseur quand le monde ne sera plus qu'un vaste réseau virtuel.

Il me joue une partie. On joue une ouest-indienne. J'ai les noirs et il a les blancs donc c'est lui qui a l'initiative. On est du même niveau. Sauf que je bois plus que lui et là, ce soir, c'est la forme, la forme Mondrian je précise, j'ai sifflé quelques pintes et la cocaïne me détraque la tête. Le plateau tangue.

Soixante-quatre cases sur un échiquier, toutes ces pièces, leurs formes différentes, leurs fonctions spécifiques, une fois qu'elles sont en mouvement, faut suivre l'histoire. Et c'est pas facile de suivre l'histoire. Heureusement je connais un peu le style de jeu de Maxime, c'est un joueur prudent et solide, absolument calculateur. Durant l'ouverture il se contente de suivre un petit système pépère qui interdit des attaques brutales sur le roi. Il lâche deux fous en fianchetto. Pour illustrer la manœuvre, c'est comme mémère qui ferme sa porte à double tour et claque du loquet. Je ne suis pas intimidé. Quand je suis soul, l'attaque est ma seule stratégie. Je lance les pièces le plus loin possible pour casser les bataillons d'en face. J'y vais pas subtil, tisser une toile et semer la confusion chez mon adversaire, j'y vais à la hache, je suis sauvage, je donne quartier libre aux pions des colonnes A et H et je les soutiens avec mes cavaliers et mes fous. L'autre veut échanger les pièces ? Hors de question. Qu'on laisse du monde sur l'échiquier. Ça laisse des milliers d'options. Plus c'est complexe, plus c'est amusant, et plus l'esprit devient héroïque.

Maxime, cette saleté de développeur d'applications pour idiots scotchés à leurs smartphones, prend le temps de réfléchir. Il prend même beaucoup de temps. Des gens regardent notre partie. Ils ne commentent pas mais chacun de nos coups donne lieu à un bruit de bouche, une langue qui claque si le coup leur plaît, un sifflement entre les dents s'ils trouvent ça médiocre. Maxime se prend la tête entre les mains. Normalement, il croise les bras devant l'échiquier. Il est du genre immobile. Celui qui maîtrise tout et ne vacille pas. Ce soir pourtant, il vacille. D'un regard morbide, éberlué sur l'échiquier, il comprend soudain que mes assauts sauvages, qui semblaient à la fois désordonnés et impulsifs, ne sont pas là pour dorloter mais bien pour mordre et pour détruire. Un de ses cavaliers va se faire avaler par mon pion G. Il ne peut pas l'empêcher. S'il sauve son cavalier, je lui colle un réseau de mat en 3 ou en 4. Il le sait. On ne peut qu'aimer le silence flottant autour d'un joueur d'échec qui calcule son prochain coup. J'adore cette tension. Trois minutes passent et enfin mon adversaire remue, il repose les avant-bras sur la table, devant l'échiquier. Sa posture habituelle. Dans un geste assuré, il lève la main droite. Il attrape la tour et nous la colle en F6. Putain ! C'est un coup de contre-attaque. Je suis surpris. Généralement joueur ultra-défensif, un joueur inlassable de fond de court qui écœure ses adversaires en bousillant leurs tactiques, voilà que Maxime le gribouilleur de code se sent pousser des ailes. C'est un très bon coup.
Je l'ai absolument pas vu venir. Il menace méchamment ma dame. Je suis même pas sûr de pouvoir stopper cette saloperie d'offensive qui semble sortie tout droit d'une inspiration quasi divine. L'enculé. Je siffle une moitié de pinte. Plus de gens regardent notre partie. C'est le moment, faut dire, on est dans un schéma où l'un des deux va tomber de la falaise, c'est certain qu'il va y avoir du sang, il n'est plus question de se diriger pénard vers une finale avec deux pions et roi. D'ici trois ou quatre coups, le verdict sera rendu. Je prends un peu de temps pour considérer mes options. Sa salope de tour, protégée par un fou, est une bombe à retardement et elle va m'exploser à la gueule si je fais rien. En même temps, j'ai un cavalier, deux fous et trois pions qui sont à deux battements d'ailes du roi adverse. On peut sentir le roi trembler. On peut l'imaginer qui fait ses prières car il sait que son armée est

trop loin et ne pourra le défendre. La question est : ai-je le temps de mater ? Je regarde mon adversaire redevenu calme comme un curé. Je vois une variante sur sa tête de faux-cul. Je suis pratiquement certain qu'il a calculé cette variante. Sauf qu'il a sous-estimé la puissance de mon attaque. Il n'a pas pensé aux pions qui vont forer les lignes 3 et 2. Je torche ma bière puis je fais voler mon cavalier sur la 1ère rangée. Je fourchette une tour et le pion H. Il en perd la figure. Il calcule rapidement les variantes et constate le crime. Il baisse les yeux.

- Ok, t'as gagné…

Un gros sourire court sur mon visage. Je m'enfonce dans la chaise comme quelqu'un qui est patron de quelque chose. Je claque la langue. Il se retourne vers moi et je lui dis :

- Sans rancune, hein.

- On verra la prochaine. Des comme ça, tu m'en referas pas tous les jours.

J'ai souri comme un champion qui a la vérité dans la poche de son jean.

- Barman, j'ai crié, une autre pinte !

La pinte saisie au vol je m'en vais fumer une clope dans la rue. Je me promène sur le trottoir content comme tout. Au fond du bar, j'ai repéré ce type. Il dorlote un gin ou une vodka. Il a une bonne barbe touffue poivre et sel de syndicaliste ou de Père Noël pour pauvres. Son regard est vautré dans son verre. On voit pas souvent une tristesse aussi nette. Il a vraiment l'air au fond du trou. Je me demande si c'est un joueur d'échec. C'est possible. Beaucoup de joueurs d'échecs sont profondément dépressifs. Surtout dans le haut niveau. Ils passent leurs journées à pousser des pièces en bois et à apprendre par cœur des tas de théories. Un jour, forcément, ils se disent qu'il y a un problème : c'est con de pousser des pièces en bois sur un plateau. Mais qu'est-ce que j'ai branlé de ma vie ? Ils posent la paluche sur la première bouteille qui passe et en avant les idées noires.

Serait-ce le cas pour le barbu ? Faut poser la question. Bien soul, bien gonflé à bloc par ma superbe victoire, je me pose à sa table et je lui demande si ça va.

- Viens pas me faire chier.

Il n'a même pas pris la peine de sortir le museau de la vodka ou du gin. On a affaire à un timide. La nuit déride ses sujets. Oui, docteur, je dois vous le dire : la nuit est une reine inquisitrice et culottée. La nuit cherche les aventures.

- T'es là pourquoi ?

- Si je voulais le dire, je serai allé causer à des gens et je leur aurais déballé ma vie. Sauf que, tu vois, c'est pas ce que j'ai fait. Je bouge pas de mon siège. Tu comprends ?

- Oh oui, tout à fait. Mais comme tu viens dans un bar d'échecs et que tu joues pas aux échecs... Je me dis peut-être tu connais personne mais tu serais pas contre de faire une partie.

- J'encule les échecs.

La phrase est délivrée sans émotion aucune, un point de procédure énoncé par un greffier pendant que tout le tribunal roupille.

- Tu viens te faire du mal, alors ?

- On peut dire ça.

Il a relevé la tête. Ses yeux sont bleus, bizarre sur un barbu, ses yeux à la fois doux et amers, presque fatalistes, jettent sur moi un frisson qui esquinte ma bonne humeur. Je siffle un peu de bière. Je prends un air plus sérieux. Si je joue pas au con, le type me donnera son histoire et je veux connaître son histoire. Quand un type a des yeux bleus pareils, faut absolument connaître son histoire.

- Ça fait longtemps que tu joues aux échecs ? je lui demande.

- Depuis tout petit... Je suis professeur.

- Ah, ok. Donc t'as été un joueur professionnel, tu l'es peut-être encore ?

- Non... J'ai fait des compétitions jusqu'à 22 ans environ mais c'était pas vraiment professionnel... Bref, je suis devenu professeur. Aujourd'hui, je donne des cours à des enfants autistes.

- Ça les aide ?

Il parait scandalisé par la question. Il serre les dents puis se rue sur son verre dont finalement il n'absorbe qu'une ou deux gouttes, juste de quoi humecter la langue. Vrai dépressif, faux alcoolique. Moi, j'arrose mon gosier jusqu'au bout du verre et commande une nouvelle pinte.

- Les échecs sont un sport qui permet à des enfants atteints du syndrome d'Asperger de travailler sur leur concentration. Plus ils arrivent à rester dans la partie, sans se laisser perturber par leur environnement ou être submergés par une crise d'angoisse, plus ils deviennent maîtres de leurs émotions. Les échecs sont une voie vers une vie un peu plus normale.

Il boit une gorgée un peu plus franche. Je l'imite. J'attends la suite.

- Tu sais sûrement que les enfants autistes sont capables de grandes choses. De grands chercheurs, mathématiciens, physiciens, mais aussi des grands musiciens ou des écrivains célèbres, un bon paquet se trouvaient être autistes. Pas forcément diagnostiqués mais on lit leur biographie et il n'y a aucun doute. Aujourd'hui, les autistes, pour peu qu'ils soient accompagnés sérieusement pendant leur enfance, peuvent vivre une existence tout à fait banale. Et ils vont même exercer des métiers de haut niveau, dans l'informatique ou la recherche.

- Quand ils commencent à suivre vos cours, comment sont-ils ? Des bêtes à apprivoiser ?

- Certains, oui. Pour la plupart, ils sont dans leur univers et tout ce qui les fait en sortir provoque un état de panique. Avec les échecs, on fait en sorte qu'ils se focalisent uniquement sur la partie. On cherche à supprimer cette hyperconscience d'eux-mêmes afin de leur montrer que les choses extérieures ne sont pas forcément un problème, que même au contraire elles peuvent être amusantes et agréables.

- C'est clairement génial, vraiment, mais j'ai une question, désolé : les autistes perdent facilement les pédales, n'est-ce pas ? Ils rentrent dans des crises folles, et je me demande ce qui se passe lorsqu'ils perdent une partie.

Le barbu est maintenant installé sur sa chaise, le dos est droit, les épaules ouvertes. Son allure n'est plus celle d'un syndicaliste ou d'un Père Noël. Il lève et agite son index.

- Le plus dur est de leur faire accepter la notion de défaite. Les règles, les tactiques, les combinaisons, aucun problème. Ils assimilent à toute vapeur et deviennent en quelques mois d'excellents joueurs. Simplement, la défaite est leur chat noir. Tous, sans exception. Ils la vivent comme une punition. Ils se sentent humiliés et leurs nerfs lâchent.

- Diable j'imagine…

- Aujourd'hui, j'ai emmené mes élèves dans une compétition régionale. Ça s'est plutôt mal passé. Ils avaient le niveau mais ils n'ont pas supporté la pression. Le nouvel environnement les a complètement inhibés. Sur quatre joueurs, seul un est parvenu à gagner deux parties…

J'écoute pas ces conneries de bien-pensant, il sauve les enfants et patati et patata. Et le monde ? Et les robots qui vont nous piquer nos boulots et la classe moyenne qui va devenir servile ? On en fait quoi de ça. On attend gentiment ?

La conversation a duré et je suis parti, trop ivre, trop défoncé.

Je suis rentré à la maison où j'ai réveillé Margaret qui a hurlé et qui a pleuré, qui n'en peut plus de ma gueule. Sur le balcon, le jour s'est levé et je sais que je suis un connard. C'est « Requiem for a dream » dans ma tête mais il se passe quelque chose avec le soleil dont les premiers rayons me frappent. Ils me frappent et je dois aller me coucher mais avec la drogue j'ai pas sommeil. Je suis un être misérable, splendide, merdique, y a de tout dans ma vie qui n'a aucun sens.

Pièce N°17

Deux semaines que je suis sobre. Rien consommé, aucune ivresse, pas de dérive. Les choses dangereuses commencent. Le boulot, le quotidien. On regagne de l'énergie et l'optimisme revient. On se sent d'attaque. Au boulot, je torche les fiches de paie à la vitesse de l'éclair et je produis de superbes analyses de données financières qui éblouissent les dirigeants de l'agence. Comme surexcité. Comme si je vivais sur un fil et que, pour ne pas tomber, je courais le plus vite possible. Mon énergie est fabuleuse. Je me sens prêt à niquer le monde et c'est là que mon besoin de drogue se fait cruel. Comme tout va bien pourquoi pas un petit plaisir ? Oh juste céder une fois, cette nuit. Mais je dois me souvenir des nuits, comme le dit Margaret, faut que je me souvienne que les nuits tournent souvent glauques. Et faut que je me souvienne que si je replonge je clamse.

Je repars dans les souvenirs, on avance bien vous savez, il reste plus que quelques mois avant de connaître la fameuse soirée.

Où j'en suis, après les dîners et week-end de société, après les soirées à jouer aux échecs, c'est toujours dans une violente impasse avec Margaret.

Le serment a volé en éclats. La routine pète toutes les romances.

On est devenus ces gens qu'on voulait pas être et on l'a fait pour rendre notre quotidien possible. On se déteste plus précisément. On se déteste à cause du sentiment que l'un est responsable d'avoir éteint les instincts de l'autre, et vice versa. C'est normal que ça parte en couilles.

Un jour, je reviens du boulot et Margaret est dans le canapé, elle dort. Ni mes pas militaires ni un grognement salutatif ne la réveillent.
Je prends une chaise, me place devant elle, l'observe. Son visage est serein. Elle a ramassé les genoux contre sa poitrine, ce qui me fait penser à la position lovée que les gamines boudeuses affectionnent. Elle s'est faite jolie ce soir. Coiffée, parfumée, maquillée. Je me demande bien pourquoi.
Quand elle dort, je reste à la regarder. Enfin, on ne s'engueule pas. Sa respiration est irrégulière. Elle fume trop. Je me concentre sur sa peau très pâle. Sa peau, c'est de la neige qu'on aurait frottée avec des pétales.
Puis elle se réveille. Et c'est un oison. C'est tout faible et c'est sans voix. Elle ouvre les bras que je vienne m'y jeter. Je refuse l'invitation dans un réflexe que je ne m'explique pas. Fâchée, elle murmure « Tu te rappelles qu'on sort ensemble ce soir ? » Là, je fais une tête perplexe. Je lui dis qu'on n'a jamais rien prévu de tel. D'ailleurs, j'ai rendez-vous avec Stan. Brusquement, l'oison devient oie, devient aigle, devient ruade de corbeaux dans une baston verbale de chiffonnier. Le tableau charmant est terminé. « Putain de ta race ! Tu fais vraiment rien pour que ça revienne nous deux comme avant ! Tu joues quel jeu, connard ? » Je lui ai dit « pas maintenant, je dois y aller » et je me suis cassé. Dans les escaliers, j'ai reçu un texto « putain de connard. T'as oublié que c'était l'anniversaire de notre premier baiser. Connard ! Connard ! » Mais Margaret est complètement à la masse, cet anniversaire est dans trois jours, le 27 août.

Faisant fi de sa détresse, je retrouve Stan qui est avec un autre pote, Stéphane. Objectif : soirée-spectacle. Va-et-vient revival. On n'a lésiné sur rien. En princes de la nuit, on a régné sur Paris de tout notre abominable potentiel de nuisance, d'hallucinogènes et de vomis. On s'est mangé douze quartiers. En une nuit. La grosse, grosse forme. Une soirée comme à la belle époque. En mouvement. Toujours en mouvement. A peine arrivés dans un endroit, un parc, un bar, des marches d'église, un pont, que v'là qu'une inquiétude nous saisit. Immédiatement, rugit ce besoin de déguerpir : « Où on va ? » On est là. On n'est plus là. Magie. Ma mère m'engueulait tellement pour ma fâcheuse tendance à jamais rester en place, courant d'air dans la maison familiale, chambre, salle de bain, salon, garage, surtout garage, là où elle avait quand même le plus de chance de me trouver.

« Mais bon dieu, Gustav, il faut donc te courir après sans arrêt. Tu ne peux pas rester dix secondes devant la télé. Ça me ferait des vacances et m'éviterait beaucoup de fatigue… Je voulais simplement savoir si des spaghettis au saumon te convenaient pour le dîner. » Évidemment que ça me convient. Mais là, maman, si je te donne un bon point pour m'avoir trouvé, je te dis que c'est inutile, je me sauve, j'ai peur que le dîner… Ma mère me surnommait « Vava-vroom ».

Les temps changent. Maintenant que je vis la vie du CDI triomphant, agglutiné derrière mon écran d'ordinateur huit heures par jour, je n'ai plus le loisir d'être aussi fugace, de me trouver ailleurs que là où mon boss (une salope soi-dit en passant) s'attend à me trouver. En tout état de cause, les soirées deviennent mon espace d'expression, et je m'y livre à mes délicieux penchants d'abeille without a cause. Ce soir-là, les drogues nous ont bien aidé. On n'a pas émergé de la soirée. A aucun instant, on a montré un gramme de conscience, sauf peut-être Stan qui a eu une altercation avec des juifs au bar du Marché, lesquels en avaient marre qu'on reluque leurs gonzesses et qu'on se moque de leurs sourcils épilés, de leurs tronches de tunisiens abrutis, et de leurs vieilles gourmettes en or où y a écrit « I love maman et la Torah ». « Va en Israël, connard, au lieu d'en parler » aurait lâché Stan. Ils étaient chauds pour nous cogner et on a préféré fuir, utilisant la confusion de l'altercation verbale pour s'envoyer un restau-basket super clean… Bref, on a travaillé toute la nuit, avec abnégation, solidarité, démesure, et peut-être même une pointe de républicanisme. On s'est jeté aux étoiles, sans passer par la case fusée.

En rentrant à la maison, la clé dans la serrure passe pas inaperçue.
Margaret est dans le lit, elle dort pas.
- PUTAIN ! tu as vu l'heure espèce de connard ?
Je me mange la porte de la cuisine, un vilain boom.
- c'était quoi ? demande Margaret.
- rien… rien du tout !
- alors putain, tu m'avais dit que tu rentrerais tôt. je t'ai attendu jusqu'à minuit et demi. Comme une pauvre meuf dont le mec se fout bien de sa gueule.
- ah je suis désolé, je dis avec le hoquet, l'apéro a dérapé. Stan a passé en revue ses 4 derniers mois à la banque. il était

frénétique. je pouvais pas lui dire de la fermer et m'éclipser comme un voleur.

- je m'en fous. t'es pas rentré tôt comme tu l'avais dit et tu m'as pas prévenue
- ah là désolé.
- et t'as pas répondu à mes appels non plus !
- plus de batterie...
- CONNARD ! CONNARD !

ça dérape.

elle me renifle. je pensais pouvoir y échapper. Cet espoir est derrière moi.

- mais tu pues la mort !
- c'est exagéré...
- pas du tout ! c'est ignoble. on dirait un clodo. t'as bu combien ?

bah si elle demande de faire de l'arithmétique à cette heure, on est pas sorti de l'auberge. j'opte pour une réponse honnête et floue.

- trop, c'est sûr !
- mon cul... bien sûr trop... t'es pathétique... ton pote te siffle pour une soirée et toi tu bois comme un trou. t'as aucun respect pour moi... Tu veux rien arranger
- ne dis pas ça voyons...
- si. T'es un salaud. Avec moi tu te bourres jamais la gueule, toujours raisonnable mais avec les potes ça y va, tu te lâches. Et je suis perdante sur toute la ligne, vu que je me farcis un zombie les jours suivants, son humeur de chiottes et sa gueule de chien battu.
- tu exagères, ma souris.
- Je t'emmerde. En tout cas, une chose est certaine, tu dors pas avec moi
- Où alors ?
- Dans les toilettes, sur le lino de la cuisine, c'est pas mon problème.
- Merde, pas le canapé
- Oh que si ! Et t'as pas intérêt à te faufiler dans la chambre au petit matin... je te cogne avec la lampe...

Je capitule. Elle file sans un mot de plus, elle claque la porte. Merde, la couette est dans la chambre. Je ne prends pas le risque, plutôt dormir à la bohème.

Allongé sur le canapé, encore habillé, je déteste mes pieds dans le vide, putain de mobilier trop petit. Ma tête pirouette.

Je glisse doucement vers le sommeil quand un cri de ma copine déchire cette nuit de mars. Je me lève et cogne à la porte.

- Tout va bien, amour ?

- Ouvre !

Ce que je fais. Tapie dans la pénombre, elle reste sur un registre furieux pour me dire que ça ne lui plaît pas de dormir seule. Si j'étais pas un connard, elle aurait pas eu à me punir.

- Très bien. On la joue comment ?

- D'abord, lave-toi. Tu pues la mort. Pas de douche, une toilette de chat et de l'eau de Cologne. Ne sois pas chiche. Pendant ce temps, je décide si tu peux revenir dans le lit…

Si c'est le prix à payer pour éviter ce canapé de gnome, pas de problème, je me nettoie presto, sans lésiner sur le savon

J'arrive dans le lit mais je pue toujours autant. Je repars dans le canapé. J'ai dormi seize minutes exactement quand le réveil a sonné, faut aller au boulot. Je me suis levé hyper beau, fragile – Margaret dort encore et ça me fait de la peine de la voir dormir et d'imaginer qu'elle s'est endormie si triste hier. Puis, j'ai imaginé une odeur de café et j'ai joint le geste à mon désir. Et si je ne l'aimais plus… Faut que j'aille au boulot. Faut que je change quelque chose à ma vie.

Pièce N°18

ça monte la tension avec Margaret, ça devient ingérable. Elle guette la faille chez moi, le moment où je vais retomber dans mes vilaines habitudes. Car c'est sûr pour elle que je vais retomber.

Donc, elle me force à consulter. Elle me file le numéro d'un psychiatre et j'ai pas le choix. Je l'appelle ce connard, pour qu'il dissèque le cul de mon âme ah on va bien s'amuser.

En attendant, je suis au bureau et je suis toujours dans les souvenirs. On se rapproche de l'échéance. On est dans les deux semaines avant la soirée fatale.

Je me souviens d'un jeudi soir, avec Stan. Je suis ivre mort, dans un bar du Marais.

Car la bafouille de mon pote me gonfle, je tourne la tête et c'est là que je vois, je vois une fille, ce que j'aperçois pas ! Wouf ! Une métisse, superbe ! Ses yeux me fixent. Madame est fantastique. Elle est grande, élancée, urbaine. Je reste coincé dessus comme moustique dans sueur. Irf, elle vient vers moi, et dans un pas de tigresse se rapproche et continue de me fixer, moi aussi. Mais je suis ivre. Elle me salue et on se présente, on se dit nos prénoms, mais je veux juste que l'embrasser. Et la ramener chez moi. Elle esquive mes lèvres, se déplace boxeuse autour de moi, elle rit. « T'es fou toi » elle dit. J'insiste, j'essaie d'attraper sa taille. Elle dit « non pas ce soir, faut que j'y aille. Mais prends mon numéro ». Et elle disparaît.

Chez moi, seul. Aucune teuch à se mettre sous la dent. Ça me fâche. J'appelle ma prêtresse aux yeux noirs. Je propose de venir la chercher en voiture. Elle répond que j'ai trop bu. Elle me raccroche au nez.

Le lendemain, vers 21h, elle balance un texto. Veut me voir. Je me souviens vaguement de ses traits, j'ai peur de m'être emballé, d'avoir pas vu la bonne personne. Seules ses lèvres légèrement violettes m'apparaissent clairement. Je me sens obligé d'accepter. Cette nana porte une histoire. J'écourte le dîner avec mon frère. On a rendez-vous Place des Terreaux.
Je m'envoie une cigarette d'herbe. C'est l'été, l'air est brûlant et moite, la nuit colle à la peau. Ça me détend et ça me rend lyrique. Plein de monde sur la place, je ne la vois pas, je m'approche d'une black grande et la scrute avec insistance mais ce n'est pas elle car elle est moche et je l'effraie. Poursuivant mon chemin, je la repère enfin qui sort du métro, oh je la reconnais illico, la même impression magique que dans le bar, une métisse superbe, élancée, urbaine, bondissante, scandale. « Je pensais que t'étais blond » elle me dit. On se fait la bise. « Hier oui ».
On décide de se promener quai Saint-Antoine. Elle a un style sauvage. Tout à fait mon goût. Mais belle, putain… Je pense que je lui plais aussi. Ses yeux noirs n'arrivent pas à mentir. On se souvient de notre rencontre la veille. « Tu étais indécent ! ». J'ai envie de dévorer sa bouche. Et aussi de danser dans ses longues jambes. On s'arrête à une terrasse. Je commande une bouteille de rosé. Elle raconte son job de vendeuse dans une boutique Louis Vuitton, les anecdotes avec les clients, ses managers. Elle me fait rire, franchement, ça m'arrive peu avec les filles. Elle me parle de ses anciens mecs. Elle semble se foutre pas mal des choses. J'aime son style.
Un clochard s'accroche à notre table et tombe fasciné devant ma métisse. Je lui lâche une cigarette qu'il se barre. Il la prend mais putain il reste scotché, il bafouille, il dit que c'est la plus belle fille du monde ce soir. Elle sourit et se tourne vers moi. Elle me regarde de ses yeux noirs scandales, je craque, le clodo fourre ma clope entre ses dents, se barre. On finit le vin. Quand elle se lève qu'elle est grande. Et des courbes. Je crois bien avoir déjà rêvé de ses cheveux frisés bouquets feuilles de tabac, ils sont chauds et insolents… Et ses dents, blanches immaculées. Je veux cette bouche. Il y a aussi son air de petite fille qui brûle de faire une bêtise. Quand elle porte son index à sa lèvre supérieure, qu'elle est folle ! Je la sens dire « je veux te bouffer la bite ». Ce regard qui mobilise des armées pour des batailles perdues d'avance. J'attrape sa main. Tendrement. Comme un amoureux dans une nuit d'été où rien ne compte que l'amour. Elle me laisse

cette main. Elle se moque de promeneurs qu'on croise au motif qu'ils marchent en regardant leur godasse et ne se parlent pas. La paume de sa main est sèche.

On entre au Favela, un bar tendance. Elle file aux chiottes et je mate ses fesses. Délicieuses. Je crois que mon paquet de Marlboro contient la clope que je fumerai après lui avoir fait l'amour. Plutôt tacticien, j'ai bu avec modération. Quand je suis trop soul, je l'ai molle et je peine à jouir. On peut pas décevoir pareille fée. Dans une vie, ce genre d'occasions ne se présente pas tous les jours. Faut assurer. Je paye les bières. Pour l'instant la soirée m'a coûté seulement 24 euros. Vais-je baiser la lune à ce tarif ? Ce serait une perf' ! Tant de chien, de beauté, de fauve, pour le prix d'une bouteille de Jack Daniels chez l'épicier.

Je vais chez elle. On se pose tout près dans le canapé. Pas de boisson. On parle des gens qui abandonnent la fac en 1ère année car ils ont aucune idée de ce qu'ils veulent faire dans la vie. La conversation flotte sur nos regards qui ne se lâchent pas. Elle tend ses lèvres, je chope, on s'embrasse, mes mains sur sa gorge, elle susurre à mon oreille « t'es un type sexy ». Mes baisers giflent ses joues. Ma main droite sur sa cuisse, elle la repousse. « Je veux du vin. » Comment refuser quoi que ce soit à cette beauté ? Je me précipite dans la cuisine et ouvre frénétiquement la meilleure. Je reviens dans le salon. Ses yeux noirs, des épices. Ils sont une nuit qui danse. Oh impeccablement noirs. Ses yeux... Je lui tends le verre, elle le porte à ses lèvres, me regarde. Je fais de même. « Montre-moi ta chambre » je dis en reposant le verre.

Elle enfouit son visage sous mes mains. « Je ne supporte que les endroits vivants ». J'envoie foutre les affaires et place les draps autour d'elle. On s'embrasse, debout. Puis sur le lit. Et elle détourne la tête. Déconcentration. Elle m'embrasse plus. Elle joue avec mes nerfs. Voudrait-elle me mettre au supplice ? Toute cette soirée à me fasciner, à m'enflammer, et au final se dérobe comme un cambrioleur. Sa taille de guêpe, ses courbes, posée sur le bord du lit on dirait un chat. Je propose un autre verre de vin. Elle accepte. Elle boit et caresse mes cuisses. Elle me fixe. Comme elle contrôle la situation ! Peu importe. Je ne suis pas macho, j'aime les surprises, j'aime qu'on me balade. Qu'elle me déshabille et fasse de moi son jouet. Qu'elle me griffe et qu'elle cogne mes flancs.

On s'allonge. On se mêle dans une étreinte gentille. Elle bouge. Reste jamais en place. Elle visite tous les coins du lit et je dois sans cesse la rattraper. Ma main circule sur son jean. Que ses jambes sont longues. Ma main remonte. Elle est précise, meurtrière. Elle passe sous son haut. Circule sur son ventre. Je suis inspiré. Je bondis avec grâce pour embrasser ce ventre. Elle ne dit rien. Je la regarde par en bas. Ses yeux noirs ouverts. Ses yeux noirs qui fixent. « Tu peux mettre de la musique ? ». Je chope mon portable, ouvre l'appli Sonos, je compose une playlist rock ballade, plutôt anglaise, smooth. Je reviens. Ma main toujours aussi précise claque les boutons de son jean, que j'enlève. Ses chaussures giclent et je m'aperçois qu'elle a de très grands pieds, ça me déconcentre, c'est furtif. Je reviens sur ses lèvres. Je la couvre de baisers. Je glisse ensuite sur son corps, vite fait les seins et le ventre, enfin les jambes, ces jambes brunes, douces, longues. Mes lèvres sont étourdies. Ses jambes sentent la crème pour bébé. J'enlève doucement sa culotte. Elle enlève son haut. Elle est nue. Je me déshabille également. Je prends une capote sur la table de nuit. Sa teuch est étroite j'y vais doucement, elle se tend, elle frémit, elle murmure. Je danse dans son con, elle aime, gémit, souffle. Je m'allonge, elle se fiche sur moi. Elle pilote sa teuch sur ma bite, elle ferait la toupille si elle avait un moteur dans les fesses. Tout pour son plaisir. Elle halète. Son plaisir me convient. Son plaisir occupe l'atmosphère. C'est parfait. On cesse d'épuisement, étalés en sueur l'un à côté de l'autre. Je prends une clope, allume la clope.

Je me réveille et elle dort encore, salement jolie. Nue dans les draps qui se faufilent entre ses jambes et ses bras. Je promène un doigt sur son dos. Je caresse aussi cette crinière qui lui sert de cheveux. J'allume une clope.

Elle se réveille, je fais mine de dormir. « Tu viens de fumer, je sais que tu dors pas ». Je souris, clin d'œil. « Tu sais, je suis une fille méchante moi, je suis une garce ». Est-ce une façon de dire bonjour ? Son corps est une arme et elle l'utilise pour blesser les jeunes hommes romantiques. « J'aime bien manipuler les mecs » dit-elle. La métisse tire les ficelles, balade, envoûte, corrompt. Pour l'instant je ne me plains de rien. Est-elle vraiment méchante ? Ne serait-ce pas une coquetterie pour rendre les jeunes hommes romantiques encore plus fous d'elle ? « Je ne m'attache pas aux gens, je me fiche des sentiments des autres. »

Pièce N°19

Mala vida. Alone in Kyoto. Sometimes. Knocking on (McLaren). WooHoo. Beatnik fly. Amsterdam. Guns n'roses. Trista pena. Poison. Bebe. Heaven. You've got a friend. Je vais et je viens. Pretty in punk. Money. Jefferson Airplane. Les feuilles mortes. Piaf. Hendrix. Chopin. Bang bang. Brel. Brassens. Lemay. Club. Lay lady lay. Boney M. Blues Brothers. Don't punk with my heart. Monty Pythons. The sicilians. Cat. Jailhouse rock. Kiss. Rien de rien. Viva Las Vegas. Parole parole. Def. Movie. Sinatra. Godfather. Bonobo. Ray. Gipsykings. Twenty one pilots. Clint Eastwood. I did it my way. Hello. Volare. Flamenco. Fun loving criminals. Salsa latina. Summertime. Cougars. Paco de lucia. Pipi. Joplin. Love theme. Enio Morriconne. I put a spell on you. Bonne étoile. Flip sting. Jenna. Tu parles trop. Lobos. Lynyrd Skynyrd. In my heart. The penis song. Marylin. Neil Diamond. Nine inch nails. I don't believe in Beatles. Girls by death. Air. I wanna fuck like an animal. Phoenix. System of a down. That's why mummy left us. Jungle boogie. Gainsbourg. Dylan. Hot bitch. Eye of the tiger. La première et dernière fois que je connais Jenny, c'est derrière elle, elle tourne la tête et me regarde. Une vraie surprise. Je me réveille en plein milieu de la copulation. Hum ça arrive… on en fait des choses en dépit du bon sens. Bref je me réveille, c'est qui ? L'impression « upside/ down », vivre un monde parallèle. Je bande moins forcément, et même plus du tout.

Je me barre, oh délicatement, sans faire trop de bruit. Je vais pour descendre du lit, ramasser mes affaires, mais elle me regarde, je sens bien son regard derrière moi, je peux pas ignorer, faire semblant hein. Ses deux fesses absurdement en l'air je me sens obligé de faire un commentaire « j'arrive, deux secondes, petit problème technique ». Elle s'assoit, dit rien, me regarde gentiment, veut me consoler. Gentille petite sauvage ! elle se rapproche de moi « ça a pas l'air d'aller ? » mais si voyons, je sais pas qui t'es, comment, où ? ça va très bien. Elle embrasse mes lèvres, voyons, je te permets, lèvres douces, je refais surface, ou l'inverse, upside/down, ça me reprend, la confusion, et aussi une musique, qui vient de loin, des musiques, elles s'emmêlent. Seraient-ce ses baisers ? Le pouvoir dans ses baisers ? Je la repousse. Mais ses lèvres me suivent. Encore plus étonnant… Que faire maintenant ! « Tu t'en vas ? » elle me le dit sur le ton le plus doux du monde. Je suis sensible, je reviens un peu, elle prend ma main, upside/down, le monde est une répétition, la vie un éternel retour, ses lèvres à nouveau. Bonne étoile. « Je dois y aller » ce que je dis mais je le dis sans conviction, c'est peut-être même pas ce que j'ai dis. Elle dit qu'elle s'appelle Jenny au cas où je me souviens pas. Je me souviens pas. « Si tu dois y aller hein, vas-y » ce qu'elle me dit. Mais où ? dans un sens ou dans l'autre ? de quel monde à quel autre. Je marche vers la salle de bain et je marche vers elle. Mala vida. Alone…

Margaret et moi on a une habitude. Tous les mardis, on dîne en amoureux Chez Gaston, un restaurant vers la gare Saint-Lazare. (Enfin c'était le concept de départ vous imaginez bien qu'avec mes frasques ce dîner romantique s'est rapidement transformé en purge qui essaie de sauver les meubles).

Comme depuis ma sortie de l'hôpital, ce dîner file vers la catastrophe. La conversation est pas légère. Margaret, cette sainte, prend acte que je n'ai pas touché une goutte d'alcool ou une ligne de coke depuis ma sortie de l'hôpital, et c'est déjà un motif de satisfaction. Par contre, elle veut connaître mes résolutions, mon plan d'attaque à long terme pour arrêter les conneries et les nuits fauves.

- Faut se dire qu'on est gros pour pouvoir maigrir, chuchote Margaret.

Je suis d'accord.

- Tu es un drogué, poursuit-elle, un addict, décadent et tu adores ça. Tu dois prendre conscience que c'est ce que tu es et que ça te détruit, ça détruit ta vie et tout le reste. Tu dois accepter que tu es malade et alors tu pourras aller mieux » continue-t-elle.

Tout en faisant danser un hareng bien huileux autour de ma fourchette, j'écoute, je cogite. Et, cocotte, c'est bien beau de poser des diagnostics façon médecin de campagne, mais les souvenirs sont là, pas seulement dans mon esprit, partout, dans mes veines, sur ma peau, au fond de mes entrailles. Ces souvenirs sont des pièges à miel, partout, tout le temps. Comment tu luttes ? Quand le cancer est foutrement généra-

lisé et que t'as aucune cellule capable de prendre le droit chemin.
Je lui dis ça en substance et Margaret pose ses couverts, prend un air très sérieux, grave.

- Raconte ce qui se passe dans ta tête.

- C'est cette petite voix, dis-je après un long silence, la petite voix du petit diable. Elle vient me glisser des mots à l'oreille. Ce petit diable, il m'attend... »

Elle fronce les sourcils.

- C'est quoi cette histoire de petit diable ?

- Comme ça que je l'appelle...

- Que tu appelles quoi ? La tentation. Tu te tentes, c'est tout. T'as envie de te foutre la tête en l'air et tu te persuades que c'est la faute d'une force supérieure... »

Précisément. Elle a mille fois raisons. Je me manipule pour arriver à mes fins.
On termine de manger et on sort fumer une clope.

- Souviens-toi des mauvais moments, me conseille-t-elle en articulant chaque mot.

Putain, les mauvais moments m'excitent.
Je ne réponds pas et mon silence l'énerve. Elle est nerveuse Margaret. Elle veut que je me rappelle toutes ces soirées où je me comportais comme un Pokémon hyperactif, incapable de causer sans me décrocher la mâchoire et me morde la langue.

- Tu n'es pas seul au monde, putain. Pense à toi, au bébé, à ton job, à notre avenir... Arrête tes conneries, c'est tout ! Et pense à moi aussi. On est ensemble depuis
8 ans mais je ne te suis pas acquise. Si tu ne changes pas, je me casse... »

Je suis prisonnier de fictions sociales, la rhétorique du choix, vouloir jouer sur plusieurs tableaux, un boulot et une copine, des nuits folles et maudites, s'échapper et s'affronter, et la nuit en embuscade...
On prend un Uber pour rentrer. Margaret n'en a pas fini avec ma science.

- Pourquoi cette tentation ? Tu ne peux pas juste te maîtriser, bordel ? Comme tout le monde, quoi !

- Ils peuvent venir vêtus en souillons ou tels des princes. Dans tous les cas ils m'amusent, me séduisent et je succombe. Ils peuvent lâcher des langues inconnues ou des aphorismes purs comme des fleurs, je les crois.

- Qui sont ces « ils » ?
- Les tentateurs, voyons.
- Parce qu'ils sont plusieurs ?
- Ils viennent sous des formes différentes.
- Rembarre ces connards, un point c'est tout.

Elle n'a pas tort. J'essaie, au début… Je me pose des questions : ces propositions sont-elles honnêtes ? Puis je me laisse charmer et puis oh ce n'est pas si grave. Juste cette fois, ce moment, cette nuit… Je veux. Ne faut-il pas céder à ses envies ? Ne jamais se priver car on en fait des ulcères. On est libre. Libre de succomber. Car une vie c'est tout ce qu'on a. Mon corps réclame cette claque, pourquoi l'en priver ? Je souhaite me vautrer dans le crime. Quelle morale serait assez puissante pour me contraindre ?
Margaret comprend que je suis en train de m'exciter et que j'échafaude des plans d'opium. Elle m'attrape par le cou et plonge son regard bleu gris dans mes yeux qui s'échappent.
- Souviens-toi de ces nuits atroces… Tu rentrais, ne dormais pas, tu pleurais, tu lacérais tes bras avec des couteaux… »
Je baisse la tête.
Et puis après, les jours, ombre, dépression…
Elle touche au cœur. Je suis battu. En sortant du Uber, elle me termine.
- Fais tes rendez-vous avec le psychiatre, sinon je te quitte.

Même à la maison, elle continue. Elle tourne en boucle, c'est une obsession, je suis une obsession, je la rends cinglée. Elle essaie de rationaliser le bordel. Rien à foutre de la nuit, elle a des choses à dire et elle les dit. Elle cause, cause, cause, et j'en place pas une. Objectivement, Margaret essaie de sauver notre couple, elle fait l'inventaire de ce qui cloche dans notre couple et exige que je me comporte autrement pour que l'amour revienne entre nous. Elle débite les phrases comme possédée par une tornade, comme une furie prête à exterminer tout et n'importe quoi. Calé contre un mur, je comprends pas la moitié de son discours mais je mesure l'intensité de son exaspération. Je constate, sans aucun doute possible, que ma copine a épuisé toute sa patience, une colère la ronge et j'en suis définitivement la cause, elle a atteint le point de non-retour, elle a encaissé la merde pendant très longtemps mais ça ne passe plus. Désormais, peu importe si je me tiens à carreau, si je ne bois plus ni ne me drogue, elle me considère comme une nuisance. Depuis ma sortie de l'hôpital, elle a eu le temps de se faire une opinion : la sobriété me rend terne, apathique, et j'ai l'impression que cela me condamne encore plus…

Pièce N°20

En attendant le psychiatre, sa grande expertise qui va me faire chialer tellement je suis un être tordu et dégénéré, voilà que mes souvenirs se détraquent.

Au lieu de remonter le fil des derniers jours, voilà que je replonge en enfance. Il me parait important d'y accorder deux secondes d'attention.

Mon enfance était chiante, chiante, je me suis fait chier, mais chier chier chier, à crever d'ennui. Deux secondes... chier comme pas possible, chier, chier, chier.

Y a pas eu un moment où j'ai pas baillé, j'ai baillé tout le temps.

J'ai compris très tôt.
Autour ça essaie de nous divertir. On achète des jouets et des jeux. Ça sert à rien. C'est juste chiant. On nous vend l'enfance comme une époque merveilleuse. Rien de tout ça. Pas au XXIème siècle. C'est juste chiant à mourir. On m'élève en ville, c'est chiant la ville, on me colle devant la TV et la tablette, c'est une enfance à passer sur la moquette. Ce qui est encore plus chiant, c'est qu'on peut rien dire. On peut juste fermer sa gueule. Je fermais ma gueule.

Y avait mes parents, ils essayaient de se sortir les doigts du cul, ils voulaient me faire plaisir, ils pensaient que faut faire plaisir aux enfants pour pas qu'ils vous crachent à la gueule des années plus tard, c'est ce qu'il faut faire.
Quelle horreur ! ça marchait pas du tout. Mon père, le père, Hervé Scali, fils d'employé de mairie, le brun, il a des yeux bleus, il est voûté, il est stressé, il n'a pas son baccalauréat, il se débrouille dans les usines, il grimpe les échelons, il est tout content, il vend des pneus, il est fier, il est bourgeois, il a

des amis, il a une femme, il a des assurances, il a des gosses, il réussit sa vie, il est pas au chômage. Un jour, il a une opportunité. En 1988, il monte sa boite d'affichage publicitaire. C'est pas grâce à son esprit entrepreneurial. Pas du tout. C'est un truc qui lui est tombé du ciel. Un ami qui lui en a parlé. Il reprend la boite car elle a un contrat juteux avec un grand groupe industriel. Si c'est pas de la thune facile, se ramasser pour palper, le père a pas passé son tour, abeille sur tas de sucre.
Pendant plusieurs années, les choses vont nickel, il palpe, il augmente la position sociale, il fréquente avec ma mère des gens bien, encore mieux, il fraye avec des notables, c'est la belle vie de bourgeois. En 1994, c'est la tuile. Le grand groupe se barre et avec lui 70% du chiffre d'affaires. Ah bah il avait pas sécurisé les revenus, il l'a joué trop prince, pas business, il a pas compris les chiffres, il s'est pris un train en pleine poire. L'activité s'est effondrée. Vite, la situation devient intenable, Hervé dépose le bilan, il est aussi caution personnelle. Les rats sortent des égouts, des créanciers lui collent au cul, il fait des hypothèques à gogo, la famille a plus une thune, le train de vie familial se retrouve moribond, c'est la défaite.

Du 17ème arrondissement de Paris, du quartier Levy où la famille est une bonne famille bourgeoise avec des tas d'amis et de connaissances, ça déménage dans le fond du 19ème arrondissement, boulevard Magenta. L'appartement est plus le même du tout, pas de moulures, pas de hauteur sous plafond, pas de cuisine high-tech, pas d'écran plat, l'appart est petit, bruyant et humide. Pour les parents, c'est le gros revers social, la honte absolue, plus possible de faire des thés et des promenades au Parc Monceau. Pas mal de leurs amis les snobent. Ça rend ma mère complètement dingo. Un soir, je surprends mes parents dans le salon. Moi je suis caché dans le couloir. J'écoute. Mon père devant la télé, ma mère debout, ma mère qui fait les cent pas.
- Tu devineras jamais, Hervé... Les Gaillard et les Collomb, ils ont reloué à Courchevel pour la saison ! Tu te rends compte ? Quel culot !
Mon père réagit à peine, ma mère poursuit.
- Ils savent très bien que cette année, nous ne pouvons pas nous le permettre, mais ça ne les dérange pas. Je te rappelle que c'est nous qui leur avons fait découvrir Courchevel.

Et nous encore qui avons fait jouer nos relations pour qu'ils puissent louer ces 3 pièces juste au pied des pistes…

- Voyons, chérie, tu t'attendais à quoi ? Qu'ils se privent d'une saison au ski à cause de nos problèmes d'argent ! Sois donc un peu raisonnable…

- Sans nous, ils n'auraient jamais mis les pieds à la montagne. Nous les avons initiés ! La moindre des choses aurait été de nous prévenir. Ils passent un coup de fil et, au minimum, nous proposent de venir un week-end. Rien du tout ! Je l'ai appris par Myriam Gastoin. Quelle indécence !

Hervé est toujours aussi peu concerné. La télécommande vissée dans la main, il zappe avec frénésie. Cette relative indifférence exaspère ma mère comme c'est pas imaginable.

- Hervé, s'il te plaît. Écoute-moi deux secondes. Nos amis nous snobent et se fichent clairement d'être discrets. Leurs attitudes me blessent, pas toi ? Nous les connaissons depuis plus de 15 ans. Depuis que ta société a déposé le bilan et que notre entourage a appris pour nos dettes, personne ne semble vouloir nous approcher. Mes copines, je les appelle, je leur envoie des textos, aucune réponse. Tu trouves ça normal toi ?

- Non, répond gravement mon père.

- Dis-le, alors, j'ai l'impression d'être la seule à comprendre vraiment ce qui se passe. Hervé, je te le dis, hors de question d'être traitée comme la dernière des imbéciles. Si ces amis, pfffff… amis, s'ils espèrent ne plus croiser notre chemin, s'ils prévoient de ne plus nous fréquenter sous prétexte de nos difficultés financières, ils vont tomber sur un os. Il s'avère que j'ai une excellente mémoire et je pourrai n'avoir aucun scrupule à révéler tous leurs vilains petits secrets…

Hervé arrête de zapper. Il hausse les sourcils et, pour la première fois dans cette conversion, montre un peu d'intérêt pour sa femme.

- Oui, mon cher, et des choses que tu ignores tout à fait, jubile Véronique. Tiens, tes vieux potes, que tu connais depuis l'adolescence, avec qui tu fais du vélo et du ski, certains sont cocus comme il faut, et ils ne savent rien.

- Qui ? bondit mon père.

Véronique sort lentement une cigarette de son paquet. C'est un moment à savourer. Elle place la cigarette entre ses lèvres. Excitée comme une gamine d'enfin pouvoir salir la réputation d'une bourgeoise de la Rive Droite qui se donne des airs respectables.

- Isabelle Lofred. Avec son prof de yoga. Tous les mercredi matin.
On ne part plus en vacances, et pourtant les vacances c'est tout pour mes parents, l'hiver au ski, le printemps à la campagne, l'été à la mer, comment faire ? C'est la pire honte ! La mère, surtout, est en totale dépression. En PLS ! La mère, Véronique Scali, la femme de 39 ans, elle a des cheveux bouclés, elle a fait des études dans la joaillerie, elle n'a jamais bossé de sa vie, elle a été femme au foyer tout le temps, elle organise les dîners et les vacances, elle va chercher les enfants à l'école, elle aide pour les devoirs, elle se maquille léger, elle a de vagues opinions politiques. Avec la déroute des finances, elle veut plus sortir de la maison tellement elle a honte. Elle se replie sur elle-même et donc sur mon frère, ma sœur et moi, tout le temps sur notre dos, impossible, on est devenus sa vie, sa raison de vivre, son unique fierté, comme y a plus d'amis et de fierté sociale les mioches deviennent le centre du monde. Ça rend mon enfance encore plus chiante, comme la mère nous gueule dessus sans raison, juste histoire de passer ses nerfs, c'est même pas de l'éducation, c'est de la vengeance, elle rumine, elle est furieuse, elle réfléchit comme un poulet sans sa tête. Dans sa tête, c'est elle contre le reste du monde. Les autres sont coupables de notre sort. Les autres ? Aucune idée, n'importe qui, tout le monde. Les autres se marrent bien, un enculé a refilé ce business bien pourri au père et c'est une machination, je comprends rien perso mais pour elle y a aucun doute. Même pas coiffée ou maquillée, dans un air de folle dingue, elle nous dit :
- Les enfants, nous connaissons des problèmes d'argent mais, heureusement, nous sommes une famille soudée. C'est le plus important. Nous sommes dignes et respectables. Beaucoup de gens ne peuvent pas en dire autant. Beaucoup de gens dans ce monde sont mal intentionnés. Vous ne pouvez pas compter sur les autres. Vous pouvez seulement vous fier à la famille. Ce sont les liens du sang. Rien ne peut détruire les liens du sang.
Avec mon frère, ma sœur, on pige rien. On voit pas forcément le lien entre les thunes qui manquent et le grand complot bourgeois, mais on fait attention à ne rien, surtout ne rien dire qui la mette en boule, on acquiesce, on est extrêmement d'accord. D'autant qu'elle nous répète cette idée, « nous sommes des gens bien, les autres sont des serpents », en boucle, une obsession, son cheval de bataille. Heureuse-

ment, mon père se scrute pas le nombril comme ma mère, il est dans l'action, Hervé bosse, il retrouve du boulot, un job de directeur commercial dans une société de traitement des déchets, il a un bon salaire, il trime comme une vache. En quelques années, nous remontons la pente.

Les dettes épongées, c'est redevenu un peu respirable. La mère reprend pied, elle se remaquille, elle se recoiffe, elle reprend du sourire. Elle s'occupe un peu moins de nous, elle va faire les magasins pour retrouver une garde-robe digne de ce nom. On est revenus dans le 17ème arrondissement, posant meubles et valises dans un bel appartement bourgeois avenue de Villiers. J'ai alors 15 ans. Je suis tout sauf épanoui, le jeune terne, je suis terne, je suis secret, je suis dans ma bulle, je sors pas de ma chambre, je me fais chier, je reste dans mon coin, je parle très peu, je me fous de tout, je squatte Internet violemment, je passe mon temps à surfer, j'apprends aussi à coder, ça m'amuse ça, j'apprends le langage web, ce sont que des 0 et des 1 et ça me semble beaucoup plus objectif que toutes les conneries sociales des parents et de l'école.

Putain l'école, une torture, c'est gonflant, ça engage toute une organisation qui donne envie de bailler, qui me donnerait pratiquement envie de me mettre en rogne, de parler, de dire ce que je pense, on n'en est pas là. Pour l'instant j'observe et j'observe que ce truc d'être coincé huit plombes par jour, entre chaise et pupitre, de la table au tableau, de la classe à la cour de récréation, de chez soi à la prison et retour à l'étable, tout ça est un concept barbare, profondément antinaturel. On apprend les choses au ralenti, l'école républicaine est pour les demeurés, on est dans le royaume de la paresse, piano, piano, il se passe rien, la lente mort. Ce que raconte le professeur, bordel je l'ai déjà lu, c'est dans les manuels et c'est encore mieux expliqué sur Internet. Je suis dans la classe et merde, rien à foutre, je me tourne les pouces, je regarde par la fenêtre, j'écoute d'une oreille distraite, je me fais chier.

Les professeurs sont d'admirables singes de foire. Madame Piacentino, professeur d'histoire et géographie, une petite bonne femme rondouillette, à deux doigts de la retraite. Elle est plutôt gentille, souriante, mais elle se fait marcher sur les pieds par les élèves les plus dissipés. Elle ose pas les coller ou les envoyer chez le proviseur. Ses cours ne sont pas forcément les plus ennuyeux. Au moins, elle ne se contente pas de lire les manuels, elle y va, elle nous raconte des histoires. Elle nous incite aussi à poser des questions, et parfois y a des digressions intéressantes. Pour moi, sa bonne humeur est une façade. Dans le fond de ses yeux on voit de la tristesse. Quand on fait des exercices, elle reste immobile sur sa chaise et l'esprit qui semble ailleurs. Son regard dans le vague, ses rides profondes sur le front et autour de la bouche, racontent une sorte de lassitude qui fait peine à voir.

Le professeur de mathématiques, Monsieur Lafour, a une tête de patate bouillie. Les joues et le pif rougis par la vinasse, une mâchoire ovale et des yeux bleus sobrement dissimulés derrière des lunettes au verre épais. Il est très clairement alcoolique. Personne ne l'ignorait au bahut, ni les parents, ni l'encadrement, ni les élèves. Comme il tenait sa place, jamais absent, s'occupant de ses classes d'une main de fer, on lui disait rien, on se contentait d'attendre la boulette pour le clouer au pilori. Monsieur Lafour était quelqu'un d'intelligent. Jeune, il avait la passion des mathématiques. Il devait aspirer à une position de chercheur ou d'enseignant à l'université. Les choses ont dû déraper. Peut-être pour ça qu'il biberonne comme un polak, il noie ses espoirs trompés dans la vodka et la bière.

Les autres professeurs, je les estime moins. Ce sont des individus pas faciles à lire parce qu'il y a pratiquement rien à lire. Ils faisaient le boulot et ils étaient froids comme des monstres froids. Ils paraissaient être traversés uniquement par des émotions insignifiantes. Ils suivaient le programme scolaire à la lettre. La plupart n'autorisaient pas les élèves à poser des questions. Ils distribuaient des tonnes de devoirs et souriaient rarement. Leur seul vice apparent consistait à rendre les contrôles en partant de la plus mauvaise note à la meilleure.

A la maison, je compte sur un peu de répit car l'école m'a épuisé. Bah, oui, c'est épuisant toutes ces conneries à apprendre des choses à deux à l'heure c'est horriblement épuisant. Mais pas de répit à la stasse, la mère m'épargne jamais, elle est sur mon dos. Les conneries continuent, au moins aussi intenses. Bien sûr les devoirs, les temps libres aussi sont supervisés, y a pas de liberté, y a pas « fais ce que tu veux », y a qu'elle me plante devant la télévision, avec mon frère, ma sœur. Son objectif, c'est me sortir de la chambre, je préfère pourtant rester dans ma chambre, je fouine gentiment sur Google et les réseaux sociaux, mais elle, elle me colle devant la télévision, on m'oblige à mater des émissions ou des films stupides. On m'impose de jouer au tennis. Mon grand-père était un champion de tennis dans les années 40'. Il a fait Wimbledon, Roland-Garros, la Coupe Davis. Un pur crack. J'en ai rien à foutre du tennis. Pendant les matchs, je tourne le dos au filet, je bouge plus, en face l'adversaire comprend rien et pendant 5 minutes je bouge pas, je pense à une excuse pour déclarer forfait, une fois sur deux je me barre du terrain sans un mot et je prends le bus pour rentrer chez moi.

Moi ce que j'aime faire, c'est rester dans ma chambre, c'est squatter mon ordinateur. Je connecte avec le monde depuis ma chambre et à travers un écran, c'est bien suffisant, Twitter, Facebook, Instagram, je regarde la vie des autres, je regarde leurs photos, parfois je rentre dans des groupes, avec des gens je me mets à parler, comme je suis un cynique je partage avec les gens qui ont un esprit noir, on dégueule sur le monde, on est pas content, on est dans le spleen, on insulte les autres. Puis je me lasse de ces conneries et je passe mes nuits à bidouiller du code. Je m'améliore en langage web, je fais du hacking, je touche ma bille, je comprends les choses, je les comprends même très bien, je me mets même à faire fructifier mes connaissances. Y a ce business avec les cartes bancaires, on peut récupérer des numéros, plein de listing. Il s'agit de défoncer la sécurité de certains sites e-commerce pour récupérer les numéros. Puis je revends ces numéros au collège. Ça se passe au poil, les gens sont trop contents de pouvoir s'acheter des trucs à l'œil et moi je facture les numéros à la dizaine, je me fais de la thune. J'adore l'esprit de tout ça, pour moi c'est un peu la théorie du chaos. Internet c'est comme le far-west, c'est mondial et c'est pas encore régulé, trop de pages, trop de gens, trop de business, les autorités complètement dépassées et pas formées pour détecter et arrêter les voyous, j'en profite. La vente de numéros de cartes bancaires, ça m'oblige à avoir des interactions physiques, d'autant que je me mets à avoir une réputation, les gens viennent vers moi, ils veulent acheter, attirés par l'odeur du sang, moi je vends, je vends tout ce qu'ils veulent, je passe mes nuits à dérober des numéros de cartes bancaires, je deviens doué pour forcer les sécurités des sites, et le mieux c'est que personne ne semble s'en rendre compte, c'est très tranquille, c'est parfait. J'ai comme un besoin de nuire aux autres.

Parfait mais les parents n'adhèrent pas du tout à ma philosophie de vie, comment je passe dans l'existence comme une ombre qui sort pas de sa chambre et qui est un taiseux qui se fout de tout. C'est la mère qui est sortie du bois. Un jour que je suis à l'école elle est allée fouiner dans mes affaires, elle a ouvert mon ordinateur.

- Je suis tombée sur ton profil Twitter, Gustav. C'est bien toi Dylan666 ?

- Oui, tout à fait.

- Mon dieu, t'as vu ce que t'écris ?

- Oh, c'est juste Internet. Tout le monde fait ça. C'est pas sérieux.

- Tu rigoles. C'est très sérieux. Comment tu fais pour écrire des horreurs pareilles ?

- C'est rien, maman.

Inutile ! L'opinion est formée, les parents s'inquiètent. Ils estiment que je suis tellement associable et dans mon monde que je dois être atteint d'une sorte de maladie mentale à mi-chemin entre l'autisme et le spleen adolescent. Ils me traînent chez un psychologue. Ils annoncent franchement la couleur.

- Docteur, dit ma mère sur un ton catastrophé, Gustav passe son temps sur Internet. Il ne parle quasiment pas. Il parle seulement lorsqu'il a besoin de quelque chose. On ne le voit jamais rire et il écrit des horreurs avec des gens sur Twitter ou Facebook.

En face, le psychologue, il s'enfonce dans un large fauteuil en chêne clair, il est vilain, il a les mains jointes sur un gros bide de bouffeur de gibiers et de plats en sauce, son visage inexpressif, il écoute attentivement et jette sur moi, à plusieurs reprises, des regards en biais pour déterminer si mon allure reflète les inquiétudes maternelles.

Possédée par la névrose, ma mère se lance dans un compte-rendu interminable. Elle n'oublie rien.

- Il n'a jamais invité un camarade de l'école à la maison. Tous les enfants, tous les adolescents passent du temps avec des copains. Ils vont faire du sport, ils font des jeux de société. Lui, rien. Quand nous sommes chez des amis, c'est à peine s'il daigne discuter avec leurs enfants. C'est quand même préoccupant !

Le psychologue reste impassible. Immobile dans son fauteuil, toujours très concentré, intense, son seul mouvement, se gratter sous le menton. Ma mère n'attend visiblement aucune autre réaction, elle poursuit la diarrhée.

- Ah, et je suis allée voir ce qu'il trafique sur Internet. J'ai regardé son historique. Mon dieu ! Si j'ai pas bien fait... Pour un enfant de 15 ans, les sites qu'il consulte, ou ce qu'il peut écrire sur Facebook ou Twitter, je vous le dis, c'est impensable. Il ne s'intéresse qu'à des choses morbides, comme les rituels sataniques, les vampires, il regarde aussi des vidéos d'accidents de voiture, des vidéos où les gens se battent. Et sur Twitter, ce qu'il peut être vulgaire. Il écrit des insultes et des insanités. Franchement, docteur, je ne comprends pas d'où mon fils tient toute cette violence... On lui a parlé avec son père. On a essayé d'être gentils, méchants. On l'a privé d'ordinateur. On a arrêté de lui donner de l'argent de poche. Rien ne l'atteint. Il ne réagit pas. Il reste dans sa chambre et ne fait rien. Si, il fait des exercices de math. Il aime bien les maths.

Pour ma part, je trouve que ma mère a réussi mon portrait. L'accent est mélodramatique, mais les faits sont là. Qu'en dit le spécialiste ? Le spécialiste en dit d'abord qu'il se repositionne sur le devant du fauteuil et ouvre un carnet à spirales où il griffonne quelques mots.

- Vous avez bien fait de venir, indique calmement le docteur. Je propose de fixer la première séance pour la semaine prochaine...

Ma mère l'interrompt.

- Oh, avec plaisir. Simplement, pouvez-vous nous dire comment se déroulent ces séances ? Les parents sont-ils présents ?

- Non, l'enfant est seul. La présence d'un tiers peut bloquer sa parole. Ma mission est d'installer un climat de confiance pour amener votre fils, Gustav, à partager ses sentiments, ses envies, ses doutes...

Ma mère s'est tournée vers moi. Elle a souri comme on sourit à quelqu'un qui nous fait de la peine.

Après cinq séances, le psychologue a formulé quasiment le même diagnostic que mes parents : peu sociable, passif agressif, relativement indifférent au monde, sans envies particulières. Il souligne cependant mon intérêt pour les mathématiques.

- Il aime les chiffres et les problèmes, déclare-t-il.

Mes parents ne sont pas bien plus avancés.
- Encouragez-le dans cette voie. Avec le temps, son comportement va se normaliser. Pour l'instant, il est important qu'il fasse ce qu'il aime. Vous devez donc l'encourager et le soutenir dans ses projets. En contrepartie, vous allez lui demander de faire des efforts. D'être plus ouvert à ses camarades, de faire du sport, de communiquer davantage…
Reçu 5/5. Mes parents n'ont pas traîné. Ils m'ont acheté des bouquins et des jeux de société sur les chiffres, ils m'ont payé des cours particuliers avec un prof de maths afin d'approfondir les domaines qui m'intéressent, ils m'ont aussi inscrit, sur ma demande, à un club d'échecs. En contrepartie, ils ont été très motivés et créatifs. Ils m'ont déniché des copains. Ils ont sorti leur carnet d'adresses et ils en ont passé du coup de fil. Ils m'ont obligé à passer des après-midi entières avec des inconnus. Plusieurs scénarios : soit on jouait à la console, soit on retrouvait leurs amis au Parc Monceau, soit on jouait au foot dans le stade de la Porte d'Asnières. Cette sociabilisation forcée n'a eu aucun des effets escomptés par Freud et les darons. Les types refusaient généralement de me revoir. Puis, un jour, je me suis bagarré avec l'un d'entre eux. Je lui ai pété une dent à l'aide d'une crosse de hockey, il ne l'avait pas forcément mérité mais sa vantardise m'horripilait. Ici, mes parents ont cessé de faire les entremetteurs.
Ils n'ont pas baissé les bras. L'idée suivante était de me faire aimer le sport. Dans ma famille, y a essentiellement des sportifs. Cyclistes, coureurs de fond, skieurs, tennisman, hikers… En amateurs mais avec un excellent niveau: mon père et son ascension du Mont-Blanc, un oncle professeur de ski à Courchevel, une cousine championne de France junior en basket, et bien-sûr mon grand-père autrefois tennisman de premier plan ayant atteint la 46ème place mondiale et parvenu en quart de finale lors de l'édition 1939 de Wimbledon.

Suite à un raisonnement hyper douteux, mes parents ont confié à papi la mission de me faire aimer le tennis. Comme je l'aimais bien, j'ai pas voulu le traumatiser. Sans humeur et sans manière, j'ai fait le dos rond pendant les premiers cours. J'obéissais nickel: tours de terrain, sprints, saut de cheval, séries de revers, séries de coup droit, séries de service… ça me faisait chier royal et je progressais à peine. Je fichais un nombre incalculable de balles dans le filet. Papi me criait dessus:

- Ne te sers pas uniquement de ton bras. Engage tout ton corps dans la balle. Quand la balle arrive, c'est simple, tu fais pivoter tes épaules à 90° et arme la raquette à l'horizontale. Il faut alors frapper la balle légèrement devant toi. Ici, tu vas mettre tout ton poids dans la raquette, tu frappes en ramenant ton corps vers le terrain...

Si je comprenais le principe, j'étais pas foutu de le mettre en pratique. Sur un terrain de tennis, je n'avais qu'une seule envie: fracasser ma raquette sur le sol. Papi a vite perdu patience. A 73 ans, son tempérament de compétiteur restait intact. Logiquement, la charge de donner tous les week-end une leçon de deux heures à un ado faiblard, lent et maladroit, le fichait dans des colères noires. Au bout d'un mois, il ne se gênait plus pour me traiter d'incapable et de feignasse. Encore deux semaines et il punissait ma nonchalance en m'imposant d'interminables tours de terrain.

- T'as la tête dure. On va voir qui de nous deux craquera le premier !

Je ne pouvais pas échapper à cette connerie. Papi se plantait au centre du terrain et ne me quittait pas du regard. Je courais lentement. Si je le sentais distrait ou s'il avait une conversation avec quelqu'un, je me mettais à marcher. Pauvre idée: il attendait que je sois de dos et me balançait une balle puissante. S'il visait le cul, le bas du dos et les cuisses recevaient aussi leur tarif.

Le vieillard mit fin à nos entraînements le dernier jour de mai. Non pas à cause de ma nullité ou de ma mollesse, mais pour avoir dégradé les installations sportives du club de Levallois. Ce club de tennis proposait des terrains extérieurs et intérieurs. Devant composer avec une topographie un peu spéciale, les dirigeants avaient dû positionner les terrains couverts en contrebas des terrains extérieurs. Souvent, les joueurs des terrains extérieurs expédiaient leurs balles sur les toits des terrains couverts. Ces toits consistaient en trois demi-bulles de verre, le verre laissant passer la lumière naturelle. La forme arrondie du toit permettait aux balles perdues de rebondir sur les côtés afin que les joueurs les récupèrent. Lors de ce cours, j'en envoyais valser une d'un revers lamentable. La balle s'est retrouvée sur le toit en verre et je suis allé la chercher. J'ai marché sur le toit en verre. En attrapant la balle, voilà que le toit se fissure. Dessous moi plus de 10 mètres de vide. Et le verre qui se fissure. Je vais tomber, je peux tomber, je vais mourir aussi. Je suis pas mort. Je suis revenu à temps et le toit s'est pas fissuré plus que ça. J'ai rien dit à personne.

Pièce N°21

Le cabinet du psychiatre, forcément, est dans les beaux quartiers, près de Wagram. Si l'immeuble est un vrai délice d'architecture haussmannienne, le cabinet ressemble à la piaule d'un mathématicien russe. Le doc n'a jamais passé un coup de balai ni ouvert la fenêtre.

Je fais face à un vieillard. Son regard est éteint. Soi-disant spécialiste des addictions vu la plaque à l'entrée. Il consulte ma fiche.

- Où en est-on, jeune homme? Avez-vous récupéré depuis votre hospitalisation?

- On peut voir ça comme ça. Je suis sobre. Le problème est que j'échafaude des tas de plans. J'imagine des soirées, je rêve de nuits spectacles, je construis des voyages fabuleux... »

- Ah...

- Oui, et aussi, je me souviens pas de la dernière soirée, celle qui est la cause de mon malaise et tout. Donc, je remonte le temps pour tenter de comprendre quelque chose. Je suis en train de plonger profondément dans les souvenirs...

Visiblement ce que je dis l'excite, il lève ses sourcils noirs et lâche des « hum, hum » impressionnés.

Le doc n'a pas anticipé que je puisse aller si rapidement dans la confession. Il me coupe la parole et m'invite dans le fauteuil destiné au patient. Il se place à côté, en oblique.

- Je reviens sur ces plans... Si je comprends bien, vous regrettez vos comportements addictifs, vous les fantasmez...

Il marque une pause.

- En soi, ces plans ne sont pas mauvais. Vous intellectualisez votre addiction. Quelle place occupent l'alcool et les stupéfiants dans ces... fantasmes ?

- Oh, une place centrale, très très importante !

Je le vois qui se tripote le menton et griffonne une connerie sur un carnet noir.

- Vous devez examiner votre besoin de drogue. Certaines personnes sont tout à fait insensibles aux substances psychoactives, elles ne supportent pas que leur perception ou leur compréhension soit altérée d'une quelconque manière. D'autres, au contraire, et vous en faites partie, ont besoin de ces substances pour se sentir mieux. C'est pour ça qu'il s'agit d'une maladie. Identifiez les raisons de cet attachement aux paradis artificiels et vous vous libérerez de l'emprise de l'alcool et de la drogue.
Je dis oui. Je dis qu'il a raison. On se raconte encore deux ou trois inepties et la séance est levée. Quelle première brillante !
Il me conseille de coucher par écrit les pensées qui me font glisser vers le crime. J'accepte.
Le psychiatre ne prend pas la carte de sécurité sociale.

Margaret prête une oreille distraite au débrief de la première séance. J'ai la sensation qu'elle n'y croit plus, que je fais ça pas sérieusement. Alors que c'est elle qui m'a poussé comme une diablesse, on dirait que mon sort est scellé. Elle n'y croit plus. Elle fait semblant, oui elle fait semblant, elle est cordiale, elle me parle un peu le matin et un peu le soir mais c'est comme si elle était pas avec moi. Et elle pique des colères pour un rien ! Elle me reproche tout, à commencer par le foutoir administratif lié à sa grossesse, avec la CAF, la Sécu, la mutuelle,... Elle capte rien aux démarches et m'accuse de ne pas la soutenir.
- Je vis ma grossesse toute seule, elle dit, c'est comme si t'étais pas là. T'es dans tes conneries de sevrage et, comme d'habitude, tu penses qu'à ta gueule...
J'essaie de l'aider mais c'est jamais suffisant. Elle refuse de se poser deux secondes pour qu'on analyse les formulaires à remplir, elle veut pas s'asseoir à côté de moi, c'est comme si j'étais une matière urticante.

Deux jours plus tard, j'y retourne. Apparemment, Rome ne s'est pas faite en un jour. Et si je veux aller bien, mieux, au top, faut que je me farcisse l'antiquité freudienne à plusieurs reprises. Boulot de longue haleine que de réparer l'esprit.
La deuxième séance repart sur les mêmes notes de dépression et de pessimisme. Ce qui l'intéresse au psy, ce sont mes fantasmes, les tentations de reboire et de me redroguer. Selon lui, c'est là que se situe le nœud du problème et donc mes chances de guérison. Je fais confiance. Vu que je suis

bavard, je me fais pas prier, je raconte ce qui se passe dans ma tête la nuit, j'en dis même plus, je vois que mes monologues l'excitent, il prend plein de notes, alors j'invente des histoires, je sublime mes divagations nocturnes et cela n'a plus ni queue ni tête mais le docteur semble ravi, conquis. Je le paye pour raconter des mythos. Ça ne me fait ni du bien, ni du mal, juste l'impression de perdre mon temps. J'aime bien faire la conversation, et j'aime beaucoup quand l'autre se contente d'écouter.

Les quatre séances suivantes sont mortellement identiques. Je raconte encore et toujours ces nuits où, ne trouvant pas le sommeil, j'imagine des soirées de pur délire, pleines de drogues et de filles. Jakubowicz m'encourage. Il exige des détails, il veut que je sois exhaustif.

- C'est comme cela qu'on va avancer.

J'ai mes doutes là-dessus. Mes confessions ne sont pas honnêtes. Je dors bien mieux ces derniers temps, tandis que les envies de me défoncer se font plus rares et moins intenses. Je continue de les servir, et je le dis humblement, pour la beauté du geste, parce que j'adore délirer, parce que mon auditoire est conquis et j'ai pour principe de ne laisser personne sur sa faim. De fait, au diable ma guérison, au diable les comptes-rendus mesquins sur ma routine de cadre supérieur, je donne du bruit et du feu. Ça ne sert sûrement à rien, je ne suis jamais sincère, mais au moins je passe du bon temps.

Pièce N°22

S'il y a un truc qui me fout en l'air, c'est les gens qui font mal aux animaux. Alors que je m'ennuie au taf, je regarde des informations bizarres. Sur les pires tueurs en série d'animaux de l'histoire. Déjà, « derrière chaque être humain capable de torturer un animal se cache un tueur potentiel en devenir ». C'est beau comme du Polnareff. En fait, y a le tueur de chats en hoodies, qui affole Scotland Yard « Homme d'une quarantaine d'années, 1m80, cheveux bruns courts et veste noire à capuche, potentielle cicatrice sur le visage ». Dans la banlieue sud de Londres, l'homme aurait fait 400 victimes félines en l'espace de deux ans. Près des écoles, dans les parcs, sous les fenêtres, le tueur s'en prend aux chats du voisinage qu'il n'hésite pas à dépecer et décapiter. Quelle salope ! Impuissant, Scotland Yard conseille aux propriétaires de chats de les garder enfermés, surtout la nuit.

Au Mexique, c'est l'empoisonneur du parc. Mexico, octobre 2015. Les propriétaires de chiens se promènent paisiblement dans les allées bucoliques du parc de la Condesa. 10 jours plus tard, une vingtaine de canidés domestiques trouvent la mort dans des circonstances étranges. Les vétérinaires parlent d'empoisonnements fulgurants. Dans ce quartier chic et branché de Mexico semble roder un empoisonneur de chiens. L'enquête est en cours…

Y a encore les cadavres d'animaux mutilés dans un village canadien. Victime d'un passé lugubre, la ville de London a longtemps été proclamée capitale mondiale des tueurs en série. Pour ne pas déroger à cette sombre règle, la jolie bourgade de l'Ontario est le terrain de nouveaux meurtres sordides depuis 2015. Chats, coyotes, lapins, oiseaux, chiens et même serpents… Le tueur en série de London n'est pas du genre à faire le difficile. Selon l'humeur du jour, il décapite, éviscère, dépèce ses victimes ou leur brise la nuque.

Je trouve aussi l'histoire du « Consommateur ». C'est de loin le plus redoutable de tous les tueurs en série. Son modus operandi ? Emprisonner ses proies dans de grands hangars et les abattre à la chaîne, à l'abri des regards. Comble de l'horreur, la légende raconte qu'il découperait ses victimes en petits morceaux avant de les cuisiner... pour toute sa famille !

J'ai donc repris le boulot mais j'y vais pas violent. Le patron a « aménagé » mon temps de travail, il veut pas que je lui claque entre les doigts et que la médecine du travail vienne lui chercher des poux parce que je me serais évanoui à la pause déjeuner. Donc, à mon poste, du rab de temps pour penser, afin de découvrir ce que j'ai bien pu foutre ce soir qui m'a conduit à l'hosto.

Depuis ma chaise, je regarde une orchidée prendre son bain de soleil matinal. Mes pensées vagabondent. Un voyage mental d'abord insignifiant jusqu'à ce que mes pensées se fixent sur un nouveau moment. Oh, encore un moment à la con, en file indienne des moments de ma vie qui me disent rien sur la fameuse soirée mais qui semblent raconter une histoire, un moment encore une fois qui mérite sûrement pas qu'on s'y attarde, moment comme y en a eu des tas d'autres et dont tout le monde se fout mais c'est celui qui me vient à l'esprit et c'est comme ça, faut que je le déroule et après je passe à autre chose.

Ce moment, c'est environ un an et demi après mon embauche chez Alratys. Je suis là-bas un directeur financier discret. Pas de vagues (ils savent pas que je suis drogué et incontinent), pas de projets vicieux, pas d'humiliations par mail ni de réunions où je pourris les gens pour asseoir mon autorité. Je me fais pas remarquer.

Même si j'ai une étiquette de « dirigeant », je déjeune régulièrement avec les commerciaux. Une fois par semaine, on va boire des coups. Les commerciaux sont des bestioles spéciales. Moi qui ai tendance à fuir les autres et pas bavard pour un sou, les commerciaux sont tout l'inverse, ils constituent une espèce redoutablement sociable et avenante et ils feraient amis avec des gambas si ça devait leur rapporter de l'argent.
La plupart tournent avec des cerveaux machiavéliques. Sans aucun complexe, ils font les manœuvres les plus tordues, les plus fourbes, les plus dégueulasses. Ils vendraient leur âme et pour quoi ? Des primes mensuelles, des primes bien juteuses, qui dégoulinent, qui te remplissent le slibard et te

collent un barreau en acier. Ce n'est pas leur faute, la direction d'Alratys les incite à être des mercenaires obsédés par les variables. Le business de la pub est impitoyable. C'est un monde pour les serpents et les chats de Perse. Y périssent les tendres et les gentils, seuls survivent les dalleux et les enculés.

Quand j'écluse des bières en leur compagnie, je me fais aucune illusion. Je suis pas un pote pour ces gens, je suis un moyen. Ils m'ont sous la main, moi le directeur financier qui sait tout sur les règles comptables et ils en profitent. Ils me demandent des conseils, genre pour optimiser le calcul des taux de marge ou augmenter les taux de rentabilité, et parfois ils me soumettent les montages budgétaires de leurs prochains appels d'offres... Junky de la résolution de problèmes, je les aide pour stimuler mon cerveau et j'adore les défis.

Ces causeries avec les commerciaux, et tout spécialement mes idées pour doper leurs marges, sont remontées aux oreilles du directeur général. Un mardi en fin d'après-midi, il déboule dans mon bureau et m'annonce que je participerai demain à un déjeuner avec un potentiel futur client.

- Une boite de 20 000 personnes. Du gros gibier.
- Elle s'appelle comment?
- Legrand. Ils sont dans les équipements électriques. C'est chiant à mourir, aucun doute là-dessus, mais ils comptent lâcher du pognon dans la pub. C'est bon pour toi? Demain, 12h30?

Je bredouille un OK timide. Le patron se casse.

Le soir, chez moi, je dîne des lasagnes puis merde, quoi foutre? Margaret a rejoint des amies dans le Marais. Dans un état d'intranquillité, je fais que penser à ce déjeuner professionnel. Pourquoi moi? Qu'est-ce que je peux bien apporter comme valeur dans un rendez-vous d'affaires? Hérissé par la peur de foirer, je considère la nuit à venir. Des plans existent, ils sont validés, pas question de me défiler. Vers 22h, je rejoins Stan à la terrasse d'un café rue Boileau. On enchaîne quelques pots de blanc. Pour une fois je suis pas bavard et mon pote prend la conversation à son compte. Hors d'haleine, il finit par m'interroger sur mes intentions.

- On est champions ce soir?

Je réfléchis zéro, le boulot chiant en ce moment, des journées sur Facebook et Chess.com, une plateforme de jeu d'échecs en ligne, un déjeuner avec mon boss pour conclure un gros contrat, bien sûr, les conditions idéales, oui on est champions.

- On y va, ma caille. Boire et se balader. La nuit nous appartient.

On s'est arrangé une soirée de folie. La grande aventure, des tas de bars et à picoler comme des bêtes, de vrais puristes de la fête, splendides ivrognes que rien n'arrête, sauf le petit matin.

Et justement le petit matin, je rentre à la maison et je redeviens lucide, j'ai une petite panique. Le déjeuner d'affaire, il m'était sorti de la tête. C'est la douche froide. Même si je me piaute direct, le sommeil vient pas, mon crâne est en bordel. Je dors seulement une heure. Fébrile, je prends une douche puis avale quatre cafés serrés. Le miroir dit la vérité: ma tronche est à répugner les cafards, j'ai l'air d'un ahuri maladif qui cherche le chemin de sa tombe. Et ce déjeuner dans à peine 45 minutes. Dans la rue, je mobilise trois neurones encore actifs et mets au point une stratégie. De la merde suicidaire mais qui peut juger? L'idée est coriace. Boire de la bière et relancer la machine, retrouver de l'ivresse pour retrouver de l'énergie. Battre le mal par le mal. Sur le coup, ça me parait brillant. Au comptoir d'un PMU, je me siffle cinq demis, en 20 minutes. Le premier verre est salaud, mais les autres coulent nickel. Une énergie revient, je me réveille, je suis alerte. Je paye le barman avec un air ravi et attaque la rue dans une foulée dynamique.

C'est un leurre. A deux cents mètres du restaurant, je suis le plus abominable poivrot du village. La rue n'a aucun sens. Le ciel est gris agressif. Je suis sali par les lueurs d'automne, cette brume typique parisienne qui fout le cafard même aux amoureux, ces nuages qui brillent comme brille du lait pourri au soleil. Ce temps de feuilles mortes est un supplice et je perds les pédales. Du mal à éviter les gens, je marche de travers, glisse dans le caniveau, dérape contre les voitures. Pourquoi ne pas rentrer chez moi ? Une décision qui s'impose. Un coup de fil au patron où j'invoque une sale grippe. Le tour est joué, l'honneur sauf. Mon cul, j'ai honoré mon engagement.

Mon entrée façon clochard, bras et jambes désynchronisés, ne passe pas inaperçue. Largement remarquée par les clients et le personnel de ce restau chic de l'avenue Gabriel.

A hauteur de la table, je suis en nage. Ma poignée de main est toute molle, je jette un froid pas possible. C'est qui ce mec ? Alors que je pose mon cul, mon patron me demande si tout va bien. Je marmonne bien sûr sans lever les yeux et attrape le menu. J'essaie de choisir un plat, mais impossible de lire le moindre mot. Au serveur qui se penche vers moi je bredouille 'plat du jour' puis tend l'oreille. Le client et mon patron ont repris leur conversation. Ils m'ignorent. Ils causent du marché publicitaire et des opportunités offertes par le digital pour un acteur du b2b. Je ne lâche pas un mot. J'évite juste de vomir, ma seule idée. Je ne touche pas à mon entrecôte. Ils ne semblent rien voir. Je n'existe pas. Un silence total jusqu'au café et je me crois tiré d'affaires. Pas du tout, mon boss m'interpelle d'une voix mielleuse et souhaite que je fasse la présentation du nouveau logiciel de relation client mis en place par l'agence. Sans réfléchir, j'accède à sa demande.
Je balance quelques phrases maladroites, débitées sans conviction et sans réel fil directeur. Le client est consterné, il détourne son regard en soupirant et je décide d'arrêter le massacre. Je termine par un « voilà » et me lève de table pour aller aux chiottes. A mon retour, mon patron s'occupe de l'addition tandis que le client nous salue d'un tout petit merci.

Dans la rue, mon patron attend seulement 30 secondes pour me tomber dessus. Et c'est violent. Son corps se raidit. Finis les airs cajoleurs du repas et les commentaires doucereux à l'intention du client, il affiche une tronche sinistre et tente d'accrocher mon regard. Je baisse les yeux. Bouillant, il se retient d'hurler mais toute la rue entend que mon attitude a été inqualifiable.

- Comment peut-on se présenter à un rendez-vous professionnel dans un état pareil? C'est honteux. C'est impensable.

Je marmonne désolé tandis qu'un rot cherche désespérément à jaillir de ma poitrine.

- C'est une faute grave. Tu mets l'agence en péril. C'est la réputation de ma société que tu détruis avec un tel comportement.

Il parle de me virer. Là, je reprends contenance. Je lui dis que je le dénoncerai à l'Ursaff lui et ses pratiques de voyous capitalistes s'il entame la moindre procédure. Il se calme et je prends congé. Il y a de grandes chances que je sois viré mais je ne le serai certainement pas, je connais trop les vilains petits secrets fiscaux de l'agence.
Près d'une station de métro, je vomis. Les passants se retournent mais ne s'attardent pas. Juste une petite vieille s'inquiète et propose de m'accompagner jusqu'à une pharmacie. Je refuse, poliment.

QUATRIÈME PARTIE

Pièce N°23

Plus que 3 jours avant le delirium tremens, on touche au bout, hein?

C'est le moment de vous introduire Alfred, mon dealer.

Voici comment je l'ai rencontré.
Au moins deux fois par mois, je vais sur les tournages des pubs réalisées par mon agence. Comme on embauche les figurants sur place, faut pondre en cadence des contrats d'un jour ou d'un demi-jour. On me pose dans un coin avec une table, une chaise, un ordinateur et une imprimante. Une file de gens se forme, qui se résorbe dans l'après-midi et alors je peux flâner sur le plateau. Les caméras me bottent méchamment. J'aime aussi regarder les techniciens. Comme ces gens s'agitent ! Ils trifouillent des tas de boutons, des tas de fils. Ils déroulent des câbles à ne plus savoir qui est serpent et qui est anguille. On pourrait croire qu'ils cherchent à ligoter les machines pour les contraindre. Sauf qu'ils se parlent, ils annoncent les prochaines manœuvres et les expliquent. Ils s'engueulent. Ce sont des passionnés. Ils veulent capturer la

lumière, ils veulent attraper tout l'horizon, ils veulent placer le feu sur les lèvres, ils veulent braquer tous les sons.

A force de les mater pendant des plombes et de les saouler de questions, je m'en suis fait des potes. Un surtout, il s'appelle Alfred. Il est cadreur. Il vient du Congo. Sa famille a débarqué en France en 1987. Il avait 12 ans. On ne peut pas dire qu'il ait fait des études. Il était à l'aise avec les machines, il avait un don pour le digital. Il est entré dans le cinéma par hasard. Un pote l'a branché sur un boulot de perchiste. Il en a fait d'autres. Le truc, c'est qu'il était attiré par la caméra. Il voulait connaître l'appareil. Il a harcelé des techniciens pour qu'on lui enseigne les bases. Il avait un don. Il aimait la caméra et il la comprenait nickel. Il n'a pas tardé à prendre plus de responsabilités. Il est devenu cadreur et ce fut la joie. Une joie pure et simple qu'on voudrait éternelle.

Alfred est dealer mais aussi accro à l'héroïne. Ça ne l'empêche pas de bosser, mais ça ne l'aide pas non plus. Il reste ce putain de crack derrière la caméra, personne critique son boulot et ses plans sont toujours des putains d'œuvres d'art. Il a développé un point faible: l'endurance. Il perd vite patience. Les tournages durent longtemps. Passer d'un plan à l'autre, d'une séquence à l'autre, ce sont des heures à devoir tuer le temps. On attend que les autres aient terminé. On attend longtemps. Comme Alfred ne peut faire ses réglages qu'au dernier moment, il va rien foutre. Il se met à cogiter. Il devient nerveux. Il voudrait tant se planter une aiguille dans le bras. Ce serait uniquement pour calmer ses nerfs. Il ne le fait pas. Pas de drogue pendant le boulot. Ce serait une merde à gérer. Il finirait forcément par faire des conneries. Il ne veut pas perdre ce job. Cadreur, c'est toujours sa joie.

L'héroïne en fait, il a essayé dans une soirée, il a niaqué une trace, oh une petite trace, elle était plutôt pure, ça a été…

- C'est devenu clair. Une montée de sève. Mon corps devient un animal… Ce putain d'animal qui terrorise la jungle. Je sens les plantes, le vent, le soleil. Tout très distinctement. Je pose un doigt sur la vie. La vie est sauvage. Et je dois me débarrasser de mes vêtements.
- Tu l'as fait, mon pote?
- Pas le pantalon. Torse nu, pieds nus.
- Les autres ont-ils aimé?

- Ils ont fait comme moi.
- Hein?
- Les mecs et les gonzesses, tout le monde a fait tomber le haut. Ils ont vu ma transe. Ils ont compris que j'avais le bon flow, que je m'étais branché sur quelque chose de palpitant, de total. Ils en voulaient un bout. Ils se sont rués sur la came. Ils ont sniffé tout le stock d'un coup. Ils pensaient qu'à me rejoindre.
- Aucun n'y est arrivé. Ma main à couper.
- Aucun. Évidemment aucun. Ces gens n'avaient pas d'histoires, pas de crimes, pas d'espoirs, pas d'instincts. La drogue ne pouvait rien pour eux. Ils auraient pu s'injecter des étoiles dans la tête, ils n'auraient pas dépassé le toit de l'appartement.
- T'as fini comment?
- Je me suis barré vite fait. J'ai pris une grande bière. Je suis allé dans la rue. J'ai bu la bière en marchant. Je suis rentré me coucher sans swiper une nana sur Tinder. En fermant les yeux, mon cœur battait fort. Je voyais une jungle et je me voyais dans la jungle. J'étais le roi.

Le lendemain, les jours suivants, on ne sent plus le roi, on est à côté de la bête, on traîne des pieds. On se chamaille avec une idée. Cette idée est terrible. L'idée gagne. Pourquoi pas reprendre un peu d'héroïne... Alfred passe des coups de fil. Après trois mois, il passe à l'aiguille. Il a besoin de plus grandes claques. Il se came le soir et les jours off. Sa vie est partagée entre la caméra et la drogue.

Quand il se défonce, Alfred n'est jamais une loque. Dans son canapé à compter les ronds de la fumée d'une cigarette, pas du tout. Il se lance dans des projets. Ce soir, je lui ai pas dit que je passais. Surprise. Il m'ouvre la porte, c'est à peine si il me regarde. Il grommelle un truc, je pige pas. Je le suis dans le salon. Je pose la bouteille de Jack sur la table. Je lave deux verres dans la cuisine. Quand je reviens, il est pas là. Je devine qu'un projet retient toute son attention. Il est dans sa salle de bains, je l'entends qui cogne sur le lavabo ou la baignoire. Je pourrais bouger mon cul, je préfère me servir un bon bout de whisky. J'en avale la moitié. Son appart est en bordel très sérieux. Des canettes de bière et des bouteilles de vin tapissent le sol. Ses vêtements en vrac sur les chaises et le canapé. Des rideaux beiges qui moisissent. Une table basse pimpée par l'héroïne et ses compagnons.

Il débarque dans le salon. Serré dans son poing droit, ce qui ressemble à une machine à tatouer. Le projet est artistique, n'en doutons-pas. Il est tout excité. Comme un gosse qui trépigne de partager une super nouvelle tout en craignant de foirer son effet d'annonce. Il pose la machine.

- T'es prêt?
- Je t'ai servi un verre.
- Oui mais t'es prêt?

Je finis mon verre.

- Oui. Prêt.

D'un geste félin il ôte son tee-shirt. Il regarde vers son nombril et je regarde dans la même direction.

- C'est moi qui me le suis fait. Ce soir. Ça m'a pris deux heures.

Alfred s'est tatoué une sorte de bestiole entre le pubis et le nombril. Le dessin couvre un certain espace.

- Il est à l'envers.
- C'est quoi?
- Un guépard.
- Diable. C'est franchement réussi.
- Ne sois pas idiot… Ce que tu vois là est un tatouage tribal. C'est le monde tel que le perçoit le plus arriéré des sauvages. Tu vois les traits, comme ils sont raides, ils sont nerveux. Cette bête, mélange de fureur et de naïveté, va me sauver. Elle va réveiller mes talents primitifs.

Je ne réponds rien. Pour moi, ça fait déjà bien longtemps que rien de sensé n'est dit. Je me fous complètement de la mystique de son tatouage. C'est juste une sorte de fauve (et encore) qu'un môme aurait dessiné au milieu d'une crise d'épilepsie. Et le dessin est à l'envers.

- Tu saignes en plus?
- C'est parfait.

Il s'assoit. Il se prépare un fix.

- Je t'en fais un aussi?
- Certainement pas.
- Ce soir est l'occasion rêvée.
- Je passe mon tour.

Alfred m'en propose systématiquement. Jamais accepté.

Trois jours avant la folle soirée, je suis chez Alfred et il me dit qu'il vient de toucher de la Crystal Meth, le truc des américains. J'en prends plusieurs grammes.

Pièce N°24

Avec la meth de l'ami Alfred, je me sens paré à de nombreuses éventualités. A la guerre comme à la guerre. Avec Stan, on va dîner à la brasserie Wepler, Place de Clichy, où on atterrit sur une table à côté de trois pêcheurs de coquille Saint-Jacques qui se tapent une petite virée parisienne.

On commence à se parler. La nuit est jeune mais le vin blanc fait des victimes. Des victimes joyeuses. Lassés d'avoir à gueuler comme des ânes et accessoirement d'emmerder les autres clients, mon pote et moi leur proposons de rejoindre nos tables.

- Balles neuves, je dis en désignant la bouteille tout juste apportée par le serveur.

Ils se sont pas fait prier. Des prédateurs. Pas un salut, pas une main tendue, sans même s'asseoir, non, juste le verre, à remplir, trois verres devant notre bouteille. Je leur donne satisfaction et ils s'effondrent sur les chaises.

- Vous venez d'où? demande le plus jeune d'entre eux, un gars d'environ trente ans, de corpulence moyenne, portant une chemise Ralph Lauren bleue qui n'en est pas à sa première saison...

On est de Paris.

Les questions se sont arrêtées net. Pas curieux pour un sou. Sur le coup, ça surprend puis je me rappelle la réputation des normands, des taiseux, des discrets, sobres et efficaces. Je suis l'inverse. Faut que je fouine. Depuis que j'ai appris pour leur métier, pécheur, je veux tout savoir.

- Vous avez un chalutier?
- Oui.
- Quelle couleur?
- Vert avec des rayures rouges.
- Il s'appelle comment?
- La Trompette.

Un petit sourire et je poursuis.

- Et il peut accueillir trois matelots, c'est tout?
- Quatre... Nous avons un collègue malade, une rage de dents. Nous repartons demain.
- Vous ferez la route ce soir ?
- Oui.
- Avec tout cet alcool dans le sang ?
- Bien sûr, l'ami, pas le choix. Si on veut gagner des sous, faut sortir. D'autant que la mer est calme en ce moment, j'ai eu mon vieux au téléphone, mais ça va pas durer. Pas le choix. On va devoir bosser plus.

Les pêcheurs ont une belle descente. On recommande du pif. Bizarrement, j'ai la tête qui tourne, pas loin d'une ivresse tropicale. Eux semblent pas vaciller une seconde. Ils se tiennent bien droits sur leurs chaises. Ils boivent dignement, ils rigolent paisible. Je les relance.
- Donc, c'est demain votre prochaine sortie ?
- Tout à l'heure.
- Quoi ? Vous sortez la nuit ?
- Bah oui. La coquille se pêche la nuit. Comme ça elles sont livrées à l'aube et partent en camion partout en France.
- Diable, c'est tout à fait logique. C'est pas chiant de naviguer la nuit ? On voit rien, on a envie de pioncer, on est aux fraises les jours suivants...
- Tu prends le rythme, l'ami. On fait ça depuis qu'on a 15 ans. On a l'habitude...
Je m'allume une cigarette. Stan a l'alcool mollasson ce soir, il baille et se fiche pas mal de la vie de ces mecs. Pas moi.
- Y a un capitaine parmi vous ?
- C'est moi.
C'est le plus jeune des trois. Constatant ma surprise il ajoute.
- Le chalut appartient à ma famille. On en a plusieurs sur la côte. Je l'ai récupéré il y a 5 ans...
Je me tourne vers les autres.
- Vous aussi, vous avez toujours été pêcheurs ?
- Pas moi, répond le type à la moustache, 44 ou 45 piges, un corps aux muscles frétillants sous une peau sévèrement brunie par le sel et le soleil. Avant, je bossais à l'usine de chaussures à Goderville. C'était pas bien payé. Un jour, on m'a dit que les pêcheurs touchaient de bons salaires. Je suis allé voir, c'était vrai. On m'a prévenu que les horaires étaient durs, le boulot aussi,... Le boulot très dur, épuisant, qui rend fou à force de te faire sucer toute ton énergie !

- Comment ça se passe la pêche ? Vous lancez des filets avant de les vider sur le pont ?

- Exact. Il faut ramener les filets, c'est un treuil qui les sort de l'eau mais, à la fin, c'est pour nous. Ces filets pèsent des tonnes, ils ont plus de cailloux que de coquille. Une fois que tout se retrouve sur le pont, il faut ramasser les coquilles, les balancer dans des caisses suivant leurs tailles. On fait ça tout en rejetant la caillasse et les cons de crabes. Les filets repartent, on a alors une heure pour pioncer, on se piaute parfois. Mais on dort jamais que d'un œil, les odeurs de fiel et les roulis du bateau, on pense à la prochaine séance où faudra remonter les filets,...

Il a dit ça d'une traite, sans hésiter, comme s'il avait fait ce discours déjà cinquante fois. Il pique une cigarette dans le paquet de mon pote, il le remercie d'un hochement de tête fatigué. Ce vieux marin a une gueule qui raconte une histoire. Aucun doute qu'il a eu son lot d'aventures et de galères. Il a connu la prison, me dit son poignard tatoué sur l'avant-bras. Je continue ma petite enquête.

- Et ça fait combien de temps que tu pêches ?

- 16 ans.

Sa réponse, lâchée sur un ton exaspéré, sonne le glas de notre discussion. Regrettant de s'être livré à un inconnu, il se tourne vers la rue, sa cigarette entre les dents, le regard à la fois paumé et violent.

Je me tourne vers le troisième gars. Pas facile de lui donner un âge. Entre 25 et 40 ans. Un maigrichon qui nage dans des fringues pas du tout ajustées à sa corpulence. Sa peau est grisâtre. Son visage est anguleux, ses yeux bleus gris. Ses fossettes sont des couteaux qui lui taillent des joues en équerre. Ses lèvres si minces que son sourire ressemble à ceux des squelettes. Il a dû lâcher trois phrases depuis une heure.

- Et toi ? ça fait longtemps ?

- 5 ans...

- T'étais dans quoi avant ?

- Un garage... mécano...

- C'est pas du tout la même chose... Le pognon aussi ?

- Non, le garage a fait faillite. Des potes m'ont branché avec des pêcheurs sur Honfleur. J'ai fait plusieurs sorties. On m'a proposé un contrat. Voilà !

Je capte comme une envie de se confier. Pas forte mais réelle. Faut poser la bonne question.

- Tu aimes ce boulot ?
Les trois marins m'ont regardé comme si je les avais insultés. Une tension autour de la table. Sans m'émouvoir, je liquide mon verre en deux petites gorgées, puis je fixe le livide. Encore quelques secondes de silence, un silence absolu, une ambiance où ça se dévisage comme dans un saloon avec les jeux de regard et les mains sur le colt. Aucune agressivité n'est libérée, juste ma réponse par le pêcheur à la peau grise, dite sur un ton légèrement moqueur.

- Y a pas un boulot au monde qui ressemble à celui-là, ça c'est sûr. On passe notre temps sur l'eau, au moins autant que sur terre. J'aime bien être sur un bateau. Ça change. Aller au large. Loin. On quitte la société, les gens, les problèmes. Avec les mouettes. Juste les mouettes qui nous suivent. Sur l'océan t'as des paysages incroyables. Tu vois jamais les mêmes horizons. Tu te rends compte que les nuances de couleurs ont pas de limite. Toutes les météos valent le coup. Par temps clair, la lune a un éclat blanc jaune; par temps couvert, les nuages font les fous et sont marrants analyser ; par gros temps, la vie semble battre plus fort, on est une poussière dans le vent et la houle, des vagues qui bondissent sur le bateau, tu te sens con, ce sont des sensations géniales…

- Oui, mais le boulot… tirer les filets, ramasser les coquilles, balancer les cailloux, et le rythme, le sommeil, tout ça ? Tu te vois faire ça encore longtemps ?

- Pourquoi pas ? J'ai pas envie de moisir dans un bureau ou de pointer à l'usine. Bien sûr, ça te casse le dos d'être sur le chalut. Mais au moins je suis sur l'eau, loin des emmerdes.

- T'aimerais, toi, être pêcheur ? demande le vieux à la moustache.
Je m'étais justement posé la question au moment où le livide avait parlé des tempêtes, comment la vie bat plus fort dans ces instants.

- Si, ça me semble un bon métier. Dehors, en mode chasse, être costaud, rapporter des bons produits aux gens… Et puis c'est un métier qui a infiniment plus de sens que le mien. Le mien n'en a pas. Alors oui, je pourrai être pêcheur.
Les trois gars ont explosé de rire. Tous en même temps. Ais-je réellement lâché une connerie ?

- On se moque pas, tu sais, glousse le jeune capitaine, c'est qu'on a déjà entendu ça tellement de fois. Les gens veulent bien être pêcheurs, ils trouvent que ce métier est noble. Mais ils y vont pas. Ils restent dans leur entreprise avec des horaires peinards. Certains sont plus audacieux, ils font un essai. Environ 80% abandonnent immédiatement. Fin de la pêche, ils posent un pied à terre. Déglingués par le manque de sommeil et les gerbes à répétition, ils aident pas à débarquer la marchandise, ils nous serrent la pogne à tous, s'excusent et démissionnent.

- J'ai pas dit que je m'engagerai... J'estime votre métier. Vous faites un beau métier.

D'un air malicieux, le jeune capitaine a regardé ses deux collègues, ils se sont parlés juste avec des regards, tout le monde a acquiescé.

- La place de libre, cette nuit, tu la veux ?
- Oui, forcément.

Pas réfléchi du tout tellement la réponse était évidente. Oui et mille fois oui. Quand on est soul la nuit, peut-on refuser d'embarquer sur un chalutier ? Non et mille fois non. Le capitaine a regardé sa montre.

- On y va alors.

J'ai payé l'addition et j'ai embarqué dans leurs vans. On a fait deux heures de route jusqu'au port de Fécamp. C'est le vieux qui a conduit et il a conduit nickel. On arrive devant le bateau vers une heure du matin. La pêche est une des professions avec le taux de mortalité le plus élevé. A cause des suicides, je crois.

Ils m'ont passé un pull à mailles épaisses et une combinaison jaune qui puait la vieille sardine. La tenue est moyennement pratique, elle ralentit les foulées et les gestes comme si le film passait au ralenti. On a quitté le port. Sur le bord de mer, quelques restaurants encore allumés. Au-delà, une poignée de maisons brille sur les trois collines qui bordent Fécamp, ça fait drôle de voir ça sous cet angle. D'autant plus drôle que les vapeurs du fioul martyrisent mes narines, elles saturent l'air, générant une odeur à la fois atroce et enivrante. Les bruits aussi sont un spectacle. Mal fixés, les crocs racleurs de fonds marins et les filets aux ossatures métalliques se choquent furieusement, couvrant par instants les mélodies laborieuses du moteur et les cris hystériques des mouettes.

La nuit est douce en cette fin août. Une quinzaine de degrés selon le baromètre de la Trompette, une « température idéale » qui promet de bonnes conditions de travail. Tandis que nous pénétrons en haute mer, je suis encore un peu ivre, je m'amuse à tourner sur moi-même pour observer tous les coins de la nuit. Aucun immeuble, aucune colline, aucun camion pour m'en empêcher.

- Putain, cet espace, c'est parfait.

Le marin livide a entendu mais ne répond pas. Il s'occupe de faire des nœuds pour réparer les filets. Je jette un œil. Diantre ! Ses mains filent vite, très vite, le nœud est effectué en une seconde et déjà les doigts qui bondissent pour combler un autre trou, la même opération répétée en une seconde, il suit une cadence infernale qui semble ne lui coûter aucun effort. Sur ses lèvres reste attaché ce sourire de squelette qui me rappelle des souvenirs, lorsque j'habitais à Barbès les toxicos sur le trottoir avaient le même sourire.

Une heure à naviguer puis les machines ont été jetées dans l'océan. Les trois marins se sont retrouvés dans la cabine, autour de la table. Je suis resté debout.

- Si tu veux dormir, me dit le capitaine, n'hésite pas, tu prends la couchette au fond à gauche.

- Non, c'est bon. Merci, hein !

Ils ont passé en revue les points déconnants sur le rafiot. Audit vite torché pour laisser place à une grande bouteille de bière brune. Le vieux moustachu a roulé un pétard puant le pneu et personne n'a voulu une taffe. Toujours aussi taiseux, le livide a disparu dans sa cabine pendant dix minutes. Un interlude dont a profité le moustachu pour balancer du potin.

- Guillaume prend de l'héroïne. Ça fait plus de 8 ans.

- Mais comment il tient le choc avec ce boulot ?

- C'est un mystère. Lui non plus, il sait pas. Ce serait à cause de son hyperactivité, selon lui. Il a toujours eu besoin de s'occuper. L'héroïne le calme, il dit, ça ne le détruit pas comme chez les autres toxicos…

Quand il revient, le livide n'a pas l'air défoncé. Sur son visage, le même air qui s'en fout qui semble ne jamais le quitter. Assis sur la banquette, la main gauche cramponnée au verre de bière, il a un regard froid. Deux yeux gris pétillants dans des orbites osseuses. Ce regard a vu des choses horribles. Son calme n'est qu'un leurre. Il peut à tout moment exploser et sera certainement plus rapide que tous les autres membres de l'équipage.

Et l'aube pointe son nez, le soleil vient s'écraser sur moi comme si j'étais le premier homme de la première dynastie et des premières civilisations. Derrière, ils remontent les filets et les mouettes viennent gueuler au-dessus de nous comme des dingues. Je me sens revigoré. Redoutable ! Absolument épuisé mais fou de joie et de désespoir. Ma vie a aucun sens. Je vais rater le boulot qui commence dans trois heures mais je m'en fous. De toute façon, je rate ma vie !

Pièce N°25

L'escapade avec les marins a porté un coup dur sur la patience de Margaret. Je peux vous dire que ma vie est un immense chaos nihiliste et abruti. Trop loin, trop fort, trop misérable. Je perds pied. Cet océan de beuveries et de vagabondages devient ingérable. Maintenant, j'en paye absolument le prix. A l'agence, je n'assure plus, je suis dépassé, les rapprochements bancaires (que même le comptable le plus médiocre expédie sans difficulté) me coûtent des efforts terribles, je mélange les taux de TVA, je fous un bordel monstre sur le logiciel de facturation. C'est la merde.

A la maison aussi, c'est le chaos. Margaret pète les plombs comme jamais. Je ne suis pratiquement jamais là ou alors en mode épave. Un pur désastre. Sa résilience me stupéfait: comment fait-elle pour rester avec moi alors que je sombre dans le néant ? Nous n'arrivons plus à discuter. Ce sont des insultes, en boucle.

Dès que je pose un pied dans l'appartement, elle me saute dessus et veut savoir où j'étais la nuit dernière, ce que j'ai fait et avec qui. Elle claque des portes et me jette des bibelots à la figure. En face, moi, j'essaie de rester calme, je répète des « t'énerve pas » mais ils sont sans conviction, je sais qu'elle est pas prête de redescendre, elle a la colère dans la peau.

- Tu n'es qu'une énorme merde, elle dit. Tu dépasses les bornes. Sale égoïste. Ça va mal se passer, très mal. Tu me pourris totalement, je suis à bout. Je n'en peux plus. Putain ! Je vais faire comment. Espèce de merde. Tu continues tes conneries. T'es vraiment un sale enculé. Pire que ça. Je n'en peux plus. Absolument plus. Je te largue. C'est trop tard. Va te faire foutre ! Je te déteste de pourrir ma vie, de m'apporter autant d'angoisse. Je déteste ma vie. Je ne suis pas heureuse avec toi. Je suis fatiguée. Fils de merde !

Et elle saisit un vase et le lance sur moi, j'évite de justesse. Ce soir-là, cette impression de déjà-vu m'exaspère. Pourquoi continuer si on se bagarre tous les jours et avec le besoin de faire mal ! Pourquoi partager le même lit quand l'un fuit et l'autre désespère ! Pourquoi évoluer encore dans le même espace !

Je suppose que nos deux caractères ne sont pas tueurs, ils sont violents et outranciers mais ils ne peuvent pas aller au bout de la démarche, dire stop puis faire ses sacs et se tirer.

Alors que Margaret poursuit avec ses injures, je me déplace jusqu'à la table basse du salon. Il y a un verre d'eau, à moitié plein. Je le pousse doucement, jusqu'à ce qu'il tombe et se brise sur le parquet. Ça coupe net ma copine, elle dit plus rien. Elle écarquille les yeux comme si un crime abominable venait d'être commis. Je me relève et m'approche du miroir sur le mur du salon. Je le décroche et le laisse glisser de mes doigts, il éclate aussi, passant à l'état de centaines de petits morceaux.

Margaret hurle que je cesse tout de suite mes conneries. Elle garde cependant ses distances. Moi, je reste nonchalant, je fais des gestes si moelleux qu'elle ne peut en rater une miette. Ses injures coincées dans sa gorge, un silence s'installe. Me dirigeant vers le meuble télé, j'adresse à Margaret un regard que j'espère aussi délicat que le regard d'un enfant commettant une grosse bêtise sans montrer aucun remords car ignorant tout des notions de bien et de mal.

- Tu gueules beaucoup, je dis, t'aimes ça, hein, me traiter de tous les noms et m'humilier sous toutes les coutures. Peu importe que je le mérite ou non tant que les mots peuvent faire mal. C'est de bonne guerre. Vu comme je t'en fais baver, je conçois tout à fait qu'à un moment, ça devient impossible de fermer sa gueule. Et voilà !

Je m'interromps pour donner un violent coup de pied dans le meuble télé. L'étagère du milieu est fendue nette et dégringolent alors les box TV et Internet avec des pochettes de DVD.

- Mais voilà, ça suffit, Margaret ! Tu as trop parlé. A mon tour. J'étouffe, chère amie, et depuis longtemps. Notre routine m'ennuie, je te l'ai dit des centaines de fois, tu veux rien changer, tu aimes cette routine, tu as besoin de stabilité... Moi, nettement moins, à l'inverse ! C'est pour ça que je suis un papillon, que je passe les nuits dehors à me frotter au monde. Je pourrais te quitter, j'y ai pensé, mais je n'y arrive pas, je ne peux pas imaginer le futur sans toi à mes côtés. C'est inexplicable. Je fais tous les sales coups, et tu as pour moi du mépris et de la haine. Mais on reste ensemble. Toi, moi, on ne veut plus de ça. Va te faire !

J'ai pété d'autres trucs dans l'appartement, dans la cuisine et la salle de bains, j'y suis allé violemment. J'ai foutu l'appart sens dessus dessous pendant que Margaret est allée chialer dans la chambre. j'en ai plus rien à foutre. Puis je me suis lassé de tout détruire et je suis parti.

Pièce N°26

Quand je suis revenu à l'appart, le lendemain en fin de journée, y avait plus de Margaret. Un appart où on aurait dit qu'il y a eu la guerre. C'est moi.

Je suis épuisé. Vidé de toutes forces, et elle n'est pas là. C'est comme ça qu'a commencé la dernière soirée.

Fatigué comme la lune, son absence me soulage. Un étrange sentiment s'empare de moi. Comme un désir de me détruire. Pour de bon. Pour arrêter cette farce. Pour ne plus me sentir attaché par rien. J'ai des drogues dans la poche.

Je commence par boire de l'alcool, du vin blanc et de la vodka, mais alors solidement. Je compte me saouler à en crever et vomir tous mes boyaux, mes tripes et mon sang.

Je sors de l'appart sans prendre les clés, non plus mon portable, encore moins ma carte d'identité. Juste ma carte bleue. Ma carte bleue je l'ai sorti de ma poche et j'ai regardé l'instrument de ma plus belle destruction à venir.

La rue, belle ce soir-là, fragile. Sous mes pieds fragiles je la sens respirer, battre comme jamais.

Il n'y a pas grand monde dehors, il fait nuit. Je me suis arrêté chez l'épicier où j'ai pris une bouteille de whisky que j'ai absorbée doucement en regardant le ciel de Paris et ses étoiles. Il n'y a pas d'étoiles, juste une mousseline noire et des nuages.

Je regarde pas où je vais. J'y vais. En petit va-et-vient de rien du tout, concentré à garder le cap d'une promenade qui peut me mener dans tous les quartiers de la capitale. J'ai besoin de frapper un gros coup.

Ma bouteille, ma grande joie de vivre.
Mon beau sourire dans la rue.
Mon Jack Daniels dans la main, le sirotant super cool, lorgnant sur les fillettes, m'asseyant sur un banc, fumant une cigarette, m'asseyant sur un autre banc avec une autre cigarette, et, un peu plus ivre, je parle aux gens, enfin des commentaires « ah le gros cul, faut avoir la motivation pour se fader le réveil à côté d'un tas pareil » et je m'énerve « et ça doit puer de la gueule aussi ». Ce n'est pas gentil, je sais.

A la tienne, pote, rêve, espoir ! Je finis Jack à la tienne, à mes 30 ans et à ce qui arrivera. J'arrête de faire des blagues.

Délicatement enfermé dans un sachet plastique, un sucre trempé dans du LSD. Super old school le LSD. Paris, j'arrive comme une nuisance. Oui, c'est old school le LSD, forcément. Et j'adore. Je me fiche pas mal que la MDMA soit à la mode. La MDMA joue sur les émotions, le LSD active les sensations. C'est nettement plus raffiné. En 20 minutes, mon cerveau ne pige plus rien. Mes idées, mes sensations, mes fulgurances, tout ça désorienté dans un flux incessant et impalpable de surprises, de cauchemars, de fluides nerveux. Dans mon crâne, c'est comme si j'avais plongé un sèche-cheveux dans une baignoire remplie à ras-bord. Oh les étincelles. Ça swingue comme à la parade. D'abord, où je suis ? Vu que je vais l'oublier dans pas longtemps, il serait judicieux que je ne m'éloigne pas trop des quartiers centraux à moins de me retrouver dans une de ces banlieues pourries où je me ferais salement détrousser. La baston n'est pas mon fort. Faut savoir jouer sur ses atouts.

Blâme le vent ! Je suis pas loin de Saint-Germain et je connais un troquet où mes hallucinations pourront s'épanouir sans entrave. Le nom du bar est Poussière, charmant non ? C'est fréquenté par des gens tendance, qui, après, vont au Madame ou Dieu sait où, et ils sont bien habillés et ils savent faire la fête.

Je m'assois à une table d'où il me sera possible d'observer les interactions humaines sur lesquelles viendront, je l'espère, se greffer mes improbables délires. Je repère un couple: triste ! Ils sont tristes, ils ne se parlent pas, se regardent à peine, tripotent leurs cellulaires, tournent la tête ils n'attendent que moi pour les distraire !

- Bonjour, je suis nihiliste.
Mon dieu, quelle piteuse entrée en matière. Je précise.

- Pas vraiment nihiliste d'ailleurs, mais d'excellente compagnie. Oh, ça oui. Je déteste catégoriquement tous les importuns dans les bars et vous me trouvez là moi-même étonné d'être aussi avenant avec vous mais vous paraissez une association tellement sympathique que je suis quasiment certain que nous pouvons avoir d'excellents sujets de conversation. Vous buvez quoi ? Je paie mon verre. Je m'appelle Gustav. Champagne, c'est ok ?

J'alpague immédiatement la serveuse.

- Champagne, demoiselle !

Mes nouveaux amis me regardent comme un fléau. L'homme en street wear, dans les trente piges, un look de vendeur de téléphone ou commercial à la FNAC, pas un mauvais mec, il a juste l'air de ne pas avoir dormi depuis le début de l'année. Son regard est fuyant et je me demande quelle drogue il prend, mais oui, merde, quelle drogue, ça doit être puissant. La fille, par contre, beurette assez ronde et habillée à 30 euros chaque vêtement chez Pimkie ou quoi, a un visage sympathique et elle me semble plus compréhensive que l'autre insomniaque. Assistante sociale ? Plus rien ne m'étonne aujourd'hui. On nous apporte le pétillant et mes amigos n'ont pas encore décroché la moindre palabre. Tant pis, je fais le spectacle, je leur parle de ma vie amoureuse qui sombre dans le désastre et ça fait bien rire Norah, elle est très attentive. Cependant, cette conne comprend que Margaret m'en veuille pour avoir fait tomber notre couple dans la routine et sombré dans la décadence alcoolique. « C'est au mec de montrer qu'il a des couilles et de faire rêver sa nana. » Elle me saoule maintenant. Il en dit quoi le vampire ? Il me propose d'aller aux toilettes, il voudrait me faire essayer quelque chose. C'est tentant. Je le suis au pas. On s'enferme dans une cabine et il ne parle pas, il sort une pipe de crack et il fait une préparation. Ah, c'est nouveau. Je connais pas ce genre de mixture. Il me dit d'aspirer très fort dans la pipe. Je ne me fais pas prier, je pompe comme un gros malade. Je suis immédiatement aspiré dans une galaxie de trous noirs et mes jambes vacillent sous mon corps. Toutes les cellules de mon corps se retournent contre son créateur, il fait chaud ici, beaucoup trop chaud. Le vampire à côté de moi aspire aussi dans la pipe et me soutient par le bras en ricanant avec hostilité. On ne peut pas être dans des toilettes, bordel. Je fais couler l'eau dans le lavabo que je bouche et je plonge ma tête dedans, ça me fait un bien fou d'avoir la tête immergée dans cette eau sacrément fraîche.

Quand on revient dans le bar, je crois que je sais plus marcher et je demande à la serveuse une autre bouteille de champagne. Je crois que je lui ai tapé dans l'œil à la serveuse mais je n'en suis pas certain. Elle n'arrête pas d'être floue et elle reste jamais au même endroit, comment je peux lui dire bordel que je veux d'autres verres pour boire le champagne. Ces flûtes ne conviennent absolument pas. J'aimerais des verres mieux adaptés, plus fins. On ne se comprend visiblement pas. Peu importe. Les flûtes iront. Soudain, deux jeunes filles atroces font leur apparition à notre table. Elles sont maquillées comme des voitures volées et fringuées en tassepés endimanchées. J'ai l'impression d'être en face des méchantes sœurs de Cendrillon, Anastasie et Javotte. Elles veulent boire du champagne elles aussi, et je leur dis que ça ne pose aucun problème.
Je demande à la serveuse qu'elle ramène deux autres flûtes (mais de meilleure qualité) pour ces deux charmantes créatures. Je ne comprends rien à ce qu'elles racontent, et pourtant je vois bien qu'elles s'adressent à moi. Comme leurs phrases ne signifient rien dans mon esprit bouleversé par tant d'émotions, je me trouve dans l'obligation de leur dire que je leur ai trouvé à toutes les deux ces jolis surnoms, Anastasie et Javotte. Elles rigolent, elles gloussent comme si j'avais sorti la blague la plus marrante du monde.

Je lâche ce bar et ces gens qui sont chiants à mourir, je retourne dans la rue où il peut toujours se passer quelque chose.

Dans la rue, je pense à Marcel Duchamp, l'artiste des chiottes blanches. Je me sens abandonné de tous et je ne veux avoir à faire à personne. C'est définitif. Je suis en colère. Il me faudrait violer sévèrement au moins trois rejetons de ministres (socialistes de préférence) et peut-être qu'à cette condition je retrouverai le sourire.

Mes malheurs sont coriaces. Ils ne sont plus une comédie. Franchement, je vais me faire tatouer « Tête de Bite » sur le front et en rose fuchsia. Bordel ! Duchamp ! Malheurs interminables. Je continue. Je me fais chier.

Cette dernière soirée n'est pas une soirée, c'est une séance de pétage de plombs.

Sous la nuit, je sens que j'en peux plus. J'ai passé le stade de la dépression et je me retrouve en-dessous, dégringolant du ciel et me noyant, pendu dans la même seconde.

Aucun psychanalyste ou autre habile décortiqueur d'âmes ne peut inverser la tendance. Aucune drogue ne peut rien y faire. Je m'emmerde, connard ! Si j'étais programmateur d'une chaîne de télévision, je passerai en boucle, une semaine durant, le documentaire « Nuit et Brouillard » et, pour aggraver la situation, remplacerai la figure des déportés par ma propre image. Si j'étais terroriste, je commettrai un attentat en déposant une bombe sous mon lit et la déclencherai lors d'un rêve érotique. Triste et nul je n'emporte personne avec moi dans cette folie autodestructrice. Juste je dirai un « au revoir » poli, griffonné sur mon bras, et puis c'est tout. Je m'emmerde. Matin. Midi. Soir. Nuit. C'est une habitude. Et la défonce n'est plus une solution.

J'aimerai bien retrouver de l'espoir, mais je ne peux pas. Je cherche un peu de style.

« C'est quel jour le style ? Sur quelle chaîne ? Musique ? Cinéma » ?
« Fuck off » dirait Joe Cole et je lui pique sa sentence. Il a raison.

Vous me connaissez maintenant ? Où est la vérité ?

Je suis un rebelle sans cause. Je ne suis que des intentions, des bouts, des ombres… Vous me connaissez maintenant ? Vous en avez rien à foutre d'abord ! Moi non plus ! Je ne veux pas me connaître.

Et vous ? Et vous ?

Vous vous connaissez ?

Punk, fuseau et pointes ? Noir et crade ? Mode ou antimorale ? Qui êtes-vous ? Suiveur ou suivi ? Enculeur ou enculé ? Vous savez que la haine de l'autre n'est pas bien, pas du tout !

Fuck off.

T'es qui toi ? Quels sons t'écoute ? Quels films tu vois ? Hum, hum.... Bof. Un verre ? Vin ? Vodka ? Bières ? Ok oui, allons. Tu viens d'où ? De Paris ? De Londres ? De Téhéran ? T'es venu à bicyclette ou en vautour ?... On sort ensemble ? Promenade sous la nuit. Prends mon souffle. Tu regardes les autres toi ? Moi oui... J'aime bien croiser leur regard aux autres... Et toi ? Qu'est-ce que t'aimes dans la vie ? Hobbies ? Penchants ?... Oh dis-moi, je veux tout savoir. On m'a parlé de toi comme l'amant idéal, est-ce exact ? Qu'as-tu dans le ventre ?...

Je marche dans le quartier de l'Opéra. Je perds pied.

Mes pensées dansent comme des marteaux furieux. Je dois me calmer, respirer un grand coup et m'asseoir. Mais rien. Je bondis. Je vais. Je suis fou. Je m'assois par terre. Je ne pense qu'à me lever. Repartir. Marcher.

Comment me calmer ? Mon cerveau débloque. Oh que oui débloque ? J'essaie de fixer une pensée. C'est impossible. J'harcèle mon esprit à la recherche d'une pensée. J'en chope une. Cette pensée n'a ni corps ni mouvement. Elle crève sous un tas de nerfs et d'os. Je suis en chute libre.

Ce n'est pas le monde qui bouge, c'est moi qui implose.

Les mots me heurtent. Le flux de ma pensée est délirant. C'est terminé. La réalité n'existe plus. Mon passé, mon présent et mon futur n'existent plus. Ils ont volé en éclats.

L'hiver est froid, l'été est incandescent. L'air pince la peau comme un glaçon qui mord.

Je touche le fond.

Est-ce une faiblesse ou une audace ? Est-ce une capitulation face aux responsabilités ou un amour romantique pour le chaos ? Les histoires parfois ne peuvent être racontées. La tension est absolue.

Les doigts sont des serpents rouges, ils bougent avec les ombres.

Impossible d'arrêter la mécanique démente du cerveau.

Je marche nulle part.

Mon esprit est un jeune chien. Il poursuit mille balles et mille bâtons. Le calme ne viendra plus. Je dois m'asseoir. J'insulte la drogue et je caresse la drogue.

Pièce N°27

- C'est bon, tu t'es souvenu de la dernière soirée? demande Margaret.
- Oui.
- Et alors ?
- Je crois que ça ne m'a apporté aucune réponse.
- T'attendais quoi comme réponse ?
- Je sais pas… quelque chose… quelque chose qui ait du sens.

Elle s'est marrée doucement, mais tranquille. D'ordinaire plutôt agressive là on dirait qu'elle se fout de tout. Je remarque que son ventre a pris des formes, c'est une femme enceinte. Je détourne les yeux.

- Raconte cette soirée !
- Franchement, y a rien à dire. Je crois que j'ai déliré et c'est tout.
- Allez, raconte.
- Ça sert à rien, je te promets.

Elle a encore souri et c'est un sourire énigmatique.

- T'es content de t'être sorti de la défonce ?
- Oui… Je sais pas si j'en suis sorti… ça fait trois mois mais voilà…
- Tu veux que je te dise ?
- Balance.
- Tu t'en es pas sorti. T'es tellement chiant quand t'es sobre que tu t'en sortiras jamais.

Elle balance ça comme un coup de coude et ça me rentre dans le bide avec une violence. Elle fait quoi là ?

- Tu fais quoi, Margaret ?
- Rien. Je te dis la vérité. Jusqu'ici, je t'aimais. Je voyais rien. Je croyais que t'étais un as, une pépite. Mais, en fait, t'es qu'une monnaie de singe. Je m'en rends compte maintenant. Je ne t'aime plus.
- Une monnaie de singe ?
- Oui, t'as pas vraiment de valeur. T'es une escroquerie.

- Si tu veux…

Margaret a ramassé son portable sur la table basse et elle a dit sur un ton neutre.

- J'ai fait mes affaires. Je te quitte.
- Hein ?
- Je te quitte.
- Et le bébé ?
- Ah, ça t'intéresse maintenant. Je pensais pas. Mais bon, si tu veux, si tu t'en souviens, si t'es pas sous un pont, je te propose de m'appeler l'année prochaine. Je te dirai s'il va bien.
- C'est mon enfant.
- Non, c'est mon enfant. Tu m'as baisé un soir où t'étais soul.

Et c'est là que l'histoire se termine.

Fin

Printed in Poland
by Amazon Fulfillment
Poland Sp. z o.o., Wrocław

77510034R00083